奇迹
病房

Julien Sandrel

［法］朱利安·桑德勒尔 / 著

唐洋洋 / 译

La chambre
des merveilles

CTS 湖南文艺出版社
HUNAN LITERATURE AND ART PUBLISHING HOUSE

博集天卷
CS·BOOKY

献给玛蒂尔德。

献给我的女儿和我的儿子。

所以，告诉我，塞尔玛小姐，你为什么没有孩子？
我的意思是上帝赐予你某些独特之处，我想你应
该把它传递下去。

　　——雷德利·斯科特《末路狂花》[1]

LA CHAMBRE DES MERVEILLES

[1] 《末路狂花》，原名为《塞尔玛和露易斯》（*Thelma
& Louise*），是一部由雷德利·斯科特执导，苏珊·萨
兰登、吉娜·戴维斯主演的公路冒险电影。本书女主
角的名字即出自该电影。（本书注释如无特殊说明，
均为译注。）

目录

Contents

Part | 一

我的国王

1.

／ 10 点 32 分 ／

"路易，到点了！快点，我不想再重复了，请你起床穿上衣服，我们要迟到了，已经 9 点 20 了。"

那一天大概就是这样开始的，它即将成为我一生中最糟糕的一天。当时的我尚不知情，可是 2017 年 1 月 7 日那个周六的 10 点 32 分发生的事情总是有前因后果的。所谓的前因，那个我希望凝结为永恒的前一分钟，那些微笑，那些转瞬即逝的幸福，那幅从此印刻在我脑海最深处的画面，它们永不消逝。所谓的后果，那些"为什么"，那些"如果怎样就好了"，那些泪水，那些叫喊，那些在我脸颊上流淌的昂贵的睫毛膏，那些刺耳的鸣笛声，那些饱含同情却令人恶心的目光，那些因拒绝接受而产生的腹部不由自主的颤抖，同样永不消逝。当然，我当时还难以理解这一切，觉得这是一个只有神才会懂的秘密——如果世间真有神灵的话，但我对此深表怀疑。在 9 点 20 分的时候，那些神灵在想些什么？多一位神灵，或者少一位神灵，又能有什么用？你确定吗？不那么确定。为什么不呢？在问完一连串的"为什么不"之后，我依旧无法改变世界的面貌，这倒是真的。当时的我离这一切还很远，不见神，不心烦[1]。在那一刻，我就是我，虽然颓然倾倒、天崩地裂、无可挽回之时已经近在咫尺。我就是我，我在斥责路易，他显然没有做任何努力。

我心想这孩子真让我抓狂。半小时前我就想把他从床上拖起来，费了好大力气却无济于事。我们约好了中午跟妈妈共进早午餐——那是我每月一次的酷刑，我还打算赴约之前去奥斯曼大街买双血红色的浅口鞋，打折季刚开始我就心心念念想得到它。我想等周一跟埃热莫尼的大老板一起开会时炫耀一番，我已经在这家化妆品集团夜以继日地工作了 15 个年头。我带领着一个 20 人的团队，致力于一项光荣事业，那就是为某个洗发水品牌进行广告宣传和新品研发，其去屑率可达 100%，"可达"二字的意思是在召集来的 200 位女性测试者中，其中一位会发现她满头青丝上的头屑全都消失了。当时我引以为傲的一件事，就是在与埃热莫尼法律部门经过艰苦的搏

[1] "不见神，不心烦"（loin des dieux, loin de mon cœur），化用了熟语"眼不见，心不烦"（loin des yeux, loin du cœur）。

斗后，终于获准使用这一数据。这一点至关重要，有了它就可以提高销量，实现年度加薪，暑期跟路易一起度假，还能买新鞋子。

叽里咕噜地抱怨了几句之后，路易决定服从命令，穿上一条紧身又低腰的牛仔裤，洗了把脸，又花了5分钟动作娴熟地把头发弄得乱蓬蓬的，哪怕那天早上天寒地冻也不愿戴帽子，又咕哝了几句（我虽然听不懂，但知道大概内容——为什么要我和你一起去……），戴上墨镜，紧握着滑板（滑板脏兮兮的，不管立在哪儿都会摇摇晃晃，我还得经常买轮子供他参加比赛用），穿上红色的优衣库高级轻型羽绒服，抓起一盒巧克力夹心饼干，按我的要求狼吞虎咽地吸进一袋果泥（还跟5岁时差不多），最后终于按了电梯。我瞥了一眼手表，10点21分。完美，还有时间，可以分毫不差地完成计划。路易殿下起床要多久全凭运气，所以我留出了宽裕的时间。

天气好极了，冬日晴空湛蓝无云。我一直喜欢冷冰冰的光线。我从未见过比我在莫斯科出差时见到的还要蓝、还要澄净的天空。在我看来，俄罗斯首都堪称冬日天空女王。巴黎也有着莫斯科的风韵，频频向我们抛来如丝媚眼。离开位于十区的公寓后，我和路易开始沿圣马丁运河朝火车东站方向走去，如障碍滑雪般穿行于闲逛的一家老小及被驳船经过欧仁·瓦尔兰桥船闸的景象吸引的游客中间。我观察着路易，他踩着滑板从我面前溜走了。我为他感到骄傲，因为他正在成长为一个小男子汉。我应该告诉他的——有了想法就应该表达出来，否则毫无用处，但是我没有。最近一段时间，路易变化很大。这个年龄段特有的成长速度，使他从一个纤弱的小男孩变成了一个身高不可小觑的少年，细细的胡须从还有些婴儿肥的脸蛋上冒出来，脸上还没有开始长痘痘。翩翩风度即将显露。

　　这一切都太快了。我在回忆中沉浸了片刻，沿着瓦尔米堤道漫步，右手推着一辆石油蓝色的小推车，左手拿着手机。我想我见到这样的场景肯定会莞尔一笑。或许这是我事后编造出来的？我记不清楚了，很难回想起在那么重要的场合我在想些什么。如果能倒退几分钟就好了，那样我就会更注意。如果能倒退几个月、几年就好了，我就能做出很多改变。

　　我听到"周末"乐队（The Weekend）的最新歌曲响了起来——路易把它设置成了我的智能手机的铃声。是 JP。他妈的。为什么我的上司非要在周六上午给我打电话？当然，事情已经发生，在埃热莫尼这样的公司上班意味着不得不处理一些紧急事件。而现在，当我听到有人用"紧急事件"这个词时，它已经有了完全不一样的含义。我再也不会用这个词来称呼需要总结的陈述、需要做的消费者测试，还有需要进行确认的瓶瓶罐罐的设计方案了。我们说的是什么样的紧急事件？谁到了生死关头？在那一刻，我还想不了那么多。我想到的，只是 JP 找我有什么急事，我预感到可能与周一的会议有关。所以，绝对是急事，至关重要。我毫不犹豫地接起电话，勉强留意着路易，他放慢了速度，在我身边停下来，显然是想跟我说话。我示意我在接电话，他可能没看到？他嘟囔了几句，嘀咕着他有重要的事要说，我想是这样。他用动作和表情强调了事情的重要性。我永远也无法知道他当时想跟我说什么了。我确定在最后一刻我对儿子的看法是负面的。大概就是在想，他总是需要关注，我就不能拥有一刻属于自己的时间，他还是个自私的少年，可我也需要喘口气啊，他妈的。这个小家伙，我的亲生骨肉，这个我花了成千上万小时抚慰他，又花了成千上万小时跟他一起歌唱，给我带来了那么多笑声和喜悦、让我引以为傲的人，我在脑海中酝酿的关于他的最后一个词，我在生了锈的脑子里喊出的最后一个词，却是康布罗纳说的那个该死的词[1]。多么羞耻！想起来是多么不应该！

　　路易喘着粗气，抓起一直挂在他脖子上沉睡的红色耳机，重重地扣在脑袋上，大声嚷道我什么时候都是这副样子，在我的世

---

[1]　康布罗纳（Pierre Cambronne，1770—1842），法国军官。在滑铁卢战役中，面对英国人的劝降，康布罗纳简洁地说"他妈的"，震惊欧洲。

界里只有工作，然后用右腿猛蹬了一下加快速度，踩着滑板冲上了有坡度的人行道。我要不是在跟 JP 通话——所谓的紧急事件原来是 PPT 出现了问题，需要重做——就会做出一个妈妈应有的反应，例如喊一声"慢一点，你太快了"，尽管上过幼儿园的小孩听了这话都会生气，尽管这么做在理论上没有什么用，但实际上总归还是有可能唤醒一个半梦半醒意识不清的人。这句呼喊停留在了我的脑海中。在埃热莫尼，人们并不十分看好养孩子这件事，尽管官方政策很明确：埃热莫尼支持男女平等，埃热莫尼致力于推动女性在社会上取得成功。在理论、对外公布的政策与实际情况、同一机构的另一副面孔、导致女性在大型集团行政委员会中的比例低得出奇的某些人们心照不宣的规则之间，总有一道鸿沟。一直以来我都在奋力谋求高级职位，因此绝不可能在一场工作谈话中显示出一丝妈妈的情感，哪怕是在周六上午 10 点 31 分。

当 JP 懒洋洋地向我叙述周日要修改哪些地方时，我心不在焉地盯着路易，显然他冲得太快了。我注意到他把耳机扣在了耳朵上，我清楚地记得我曾在心里希望他不要把声音开得太大，希望他意识到自己的速度。我摇了摇头，心想他现在已经长大了，我不应该再动不动就忧心忡忡了，什么都要担心，一点点小事都要担心。短短几秒里竟能涌现出那么多想法，真是不可思议。短短几秒竟能根深蒂固地印刻在我的脑海中，让我为之痛苦，同样不可思议。

我最后一次瞥了一眼手机屏幕，10 点 32 分。我心想我要在 3 分钟之内挂断 JP 的电话，因为我们快到地铁站了。

我听到一个沉闷的响声，让我想起遇难航船发出的鸣笛。是一辆卡车。我抬起头，时间凝固了。我距离卡车还有 100 多米，但行人的哄闹声太响，让我感觉我就在现场。我的手机掉在地上，摔碎了。我嘶吼了一声。我的双腿蜷缩在一起，我摔倒在地，站起来，甩掉细跟鞋，像从来没有跑过步一样跑了过去。卡车这会儿已经停下了。嘶吼的不止我一个。十几个正在晒太阳的人——那是一个晴朗的冬日上午——站了起来。一位父亲捂住了儿子的眼睛。那个孩子多大了？四五岁吧。这种场景不适合他。哪怕在电影里，也永远不会展示这种场景，不会展示给任何人，最多会暗示发生了这种事。在这个暴徒横行的世界，请保留一份羞耻之心吧。我跑上前，又嘶吼了一声，扑倒在地，感觉擦破了膝盖，但没感觉到疼。怎么说也不是那种疼。路易。路易。路易。路易。我爱的人。我的生命。如何描述无法描述的事情？一个目睹了此情此景的人随后用了"母狼"这个词。被开膛破肚的母狼发出的嚎叫。我捶打着，抓着地面，浑身颤抖着，把路易的头捧在手里。我知道不该碰他，我知道哪里都不能移动，但我忍不住。理论和现实之间还是有差距。我不可能狠下心来，看着他躺在地上，什么也不做。但是我捧着他的头，什么也做不了，只能不停地确认他的呼吸。他在呼吸吗？他在呼吸。他停止呼吸了。他又恢复呼吸了。救援到达的速度破了纪录。一位消防员负责照看我，确切地说是试图把我和路易的身体撕扯开。我扇了他一个耳光，我道了歉，他对我微笑。我全都记得。记得他既坚定又温柔的动作，记得他不怎么好看的鼻子，记得他令人安心的嗓音，记得他说的那些场面话，记得远去的救护车。我截取了几个片段。儿科急诊。罗伯特·德勃雷医院。重症监护。会好起来的，夫人。不，不会好。我会陪着您。我瘫倒在地上。他抓住了我。自意外发生后我一直紧绷着的肌肉，这才刚刚放松下来。人们让我坐在一家洒满阳光的咖啡馆的椅子上。我的身体不听使唤。我的肠子搅在一起，我把早餐吐在了这家人潮刚刚散去的文艺酒吧的餐桌上。我擦了擦嘴，喝了一杯水，抬起头。

周围的一切纹丝不动，天空依然湛蓝澄净。我看了看手表，也碎了。表盘裂了缝，指针不走了，静静地见证着。依然是 10 点 32 分。

/ 一天上午 /

我叫路易，生活在巴黎，12 岁半，很快就 13 岁了。我热爱足球、日本动漫、吉姆斯师傅[1]、精灵宝可梦、棕榈油含量比纯棕榈油还要高的蘸酱（我很喜欢这个梗）、20 世纪 90 年代和 21 世纪前十年的电影（不，这个爱好并不过时）、汽车消音器的味道、花花绿绿的滑板、我的数学老师埃内斯特夫人的胸部、跟埃内斯特夫人的胸部无关的数学、我超酷的外祖母奥黛特、我的妈妈（在大多数日子里）。

如果没有这些，我想我已经死了。

按照惯例，我不喜欢过多地讲述我的生活，但考虑到各种情况，而且既然你们在读，就还是向你们解释一下我是谁，解释一下发生了什么吧。

我和妈妈生活在一起。她叫塞尔玛。我的最后一个上午就是跟她一起度过的。我很想告诉你们，那是一个特别的上午，我们一起度过了美妙的时光，我们温柔相拥，说了一些甜蜜的话。但实际上，那只是一个平淡到让人沮丧的上午，总之一切如常。我们不能把每一天都当成最后一天来过，那样太累了。我们活着，仅此而已。我

[1] 吉姆斯师傅（Maître Gims），原名甘地·杜那（Gandhi Djuna），法国著名饶舌歌手，1986 年 5 月 6 日出生于刚果民主共和国金沙萨。

和妈妈的生活，也正是如此。

因此在回忆往昔时，那天上午可谓完美。我知道在这个问题上，妈妈应该会有完全不同的看法，我知道她应该会在脑海中反复播放那几分钟里的每一幅画面，琢磨她本应该怎样做、本可以改变什么。至于我，我已经有了答案，人们肯定不会同意我妈妈的看法，他们肯定会认为：什么也做不了，什么也改变不了。

这个答案很奇怪，因为大家已经知道，那个上午发生的事无非是妈妈试图把我从床上拖下来，我发了一通牢骚，拖拖拉拉，然后又发了一通牢骚。这是旁观者的看法。我当时也是这种看法。如今我后退一（很多）步，这才明白了当时的感觉。那些模糊的感觉，那些脑部的刺痛，只有在一切清空时才能感受到。习惯的力量。循规蹈矩的幸福。家庭惯例带来的永恒喜悦。那些细小的、微不足道的日常琐事，构筑成了我们，也改变了一切。

那天上午也充满着对惯例的渴望。房间的门把手吱扭一声响，把我的意识唤醒了百分之一，预示着新的一天即将到来。妈妈跨过门槛，走上前来，把一只手伸进我的头发，抚摸着我的脑袋，从额头滑到脖子后面——从不沿反方向抚摸。妈妈喃喃道"早上好，我的小宝贝，该起床了，我的小心肝"，好像我才两三岁。这一刻在沉睡与清醒之间摇摆不定，这种昏昏沉沉的状态将梦境与现实融为一体。然后响起机械百叶窗被拉起的声音，阳光开始洒在我的脸上，我轻轻地埋怨一声，翻个身，把头埋到靠垫下面。妈妈的第一次到访结束。梦神再次将我拥入怀抱，我继续做起之前的梦，虽然之后一点也记不起梦到了什么。第二次到访时，妈妈的声音更加坚决，不再那么温柔。每天都是如此。她熟知这种惯例。快13年了，一直如此。虽然已经形成条件反射，但她跟我一样，能根据我这个半梦半醒的厌世少年说出口的每一个音节的语调，还有喉咙里发出的响声的长度来判断我当天的心情如何。那天的心情是喜悦的。那是个周六，我们都知道。我们时间充足，虽然妈妈不是这么说的。我知道那天的安排，我了解妈妈，知道她是提前叫我起床的，她给我预留了从睡梦中醒来的时间。

我加一点题外话，因为我知道你们在想什么：12岁半的小男孩竟然能用这么多复杂的词，这事有点古怪，不是吗？无论如何，我要告诉你们，我在保罗·艾吕雅初中三年级C班的同学们也觉得这事很奇怪（40岁以上的人则会觉得可疑）。毕竟12岁半能上初中四年级[1]，就已经很奇怪了吧。至于我，我没有把这当回事，

---

[1] 法国的义务教育制度为小学五年、初中四年、高中三年。原文 troisième 相当于中国初中四年级，入学年龄大致为15岁。

我就是这么说话的，我也没办法，在学校里大家总是嘲笑我的表达方式，把我当成一个讨人厌的书呆子，所以如果你们不这么做的话，那就多谢了……

我说到哪儿了？对，我在向你们讲述。几天以来我一直想——我需要这么做——跟妈妈聊一聊我在足球场上遇到的那个女孩。对，女孩也能踢足球；对，她们也可以很漂亮，这些陈词滥调就不说了吧。我一直在等待恰当的时机。我和妈妈都很腼腆，不是那种感情外露的人，而更像是那种把感情藏在心里的人。跟妈妈聊天的恰当时机，不可能是在工作日。她下班回家就已经筋疲力尽了，而且还放不下她的智能手机，总是需要处理她所谓的"紧急事件"。我心想她是做去屑洗发水的，能有什么紧急事件呢……

总而言之，我心想，在那个一切如常的周末，那个一切如常的上午，完美的时刻到来了。我不想让妈妈情绪过于激动，焦躁不安地想象我以后结了婚的样子，所以我不想一副郑重其事的样子。随便聊聊，漫不经心，这样最合适。因此当我靠近妈妈，她却把我推开，仿佛我是长在路边的一棵杂草时，我承认我气坏了。妈妈说我有点多血质。我不太清楚这话是什么意思，大概是说我是个烦人精或容易动怒，或者两者皆有。说句为我开脱的话，正如外祖母奥黛特所言，不是一家人，不进一家门，妈妈就是一个特别容易动怒的人。我没有说她也是个烦人精，这是你们自己想到的，承认吧。

因此我像牛一样喘着粗气，怒气冲冲地走了。我本想在她接工作电话时为难她一下。那是周六上午，总得想个办法让她明白那不是工作日。直到今天我才知道，当妈妈看到我消失在街角时，她也很紧张。她有意无意地加快了步伐，以免我离开她的视线。我毫不犹豫地往前冲，我想赶在她前面经过雷哥列路的路口，然后在维尔曼公园的入口躲起来，让她害怕，逼迫她挂掉电话。

之后发生了什么，我就不太清楚了。不，我想我应该知道，毕竟我也不傻。显然，我冲得太快了，脚下打了个滑。愚蠢的错误。我从来没有打过滑，我总能把滑板控制好。在我重新抬起头时，我看到卡车冲过来，听到喇叭声响起，然后眼前一片漆黑。

仿佛彻底断了电。

请注意，与人们的普遍观点不同，在那百分之几秒里，我并没有看到我的一生浮现在眼前，我只看到了那辆该死的卡车亮着大灯，心想大白天还开什么灯啊，真是奇怪。

最后这个想法真是傻得出奇。

2.

/ EEG[1] /

我从来没想过他会死。妈妈们应该做好这种准备。想到孩子可能会死，这跟直接把孩子埋掉没什么区别。把孩子埋掉，她们做不到，这事没什么好说的。路易没有死。他不可能死。

我处于休克状态。我不知道官方的医疗术语是怎么说的，但我好像听到有人用过这个词。在那个冰冷刺骨的周六剩下的时间里，我像棉絮一样轻飘飘的，仿佛有一个虚幻的蚕茧把我从头到脚包裹了起来，把声音和感觉都减弱了。我好像被麻醉了。可能是人们迅速给我注射的镇静剂发挥了作用，也可能是接二连三投掷在我身边的"炸弹"发挥了作用。

[1]　法语单词 Électroencéphalogramme 的缩写，意为脑电图。

情绪的炸弹。医生解释，为了让我儿子避免受苦，他们强行给他灌了药，当务之急是阻止内脏损伤所带来的不可避免的感染。"维持其生命的预后工作已经启动，由于正在治疗，他的实际知觉状况无法评估，要等停药后才能做出更清晰的判断，我们很抱歉，夫人。"

泪水的炸弹。我的母亲来到医院，一边嘶吼一边摇晃着我，指责我循规蹈矩、不负责任、疏忽大意，说医生们都该离我远点。这可是我的亲生母亲啊。"遇到这种情况每个人的表现都不一样，夫人，您应该尊重您女儿的反应，正如我们也尊重您的反应。还有，我们不是傲慢的小傻瓜。"

最后，还有词汇的炸弹。一连串的新词、首字母缩写词、看不懂的记号、浩浩荡荡的形容词大军，还有一些医学术语之类的小兵小将，这些对不愿意听的人根本毫无意义。在层层迷雾中，我清楚地记得的只有一些关键词，我迫切希望这些方向标能发挥决定性的作用，这些词比其他的词更加重要。

多重创伤。

血肿。

颅内。

肺。

昏迷。

深度。

呼吸器。

EEG。

等待。

多久？

不知道。

无法预测。

直到永远？

不知道。

太早了。

希望。

勇气。

病床上，路易依然英俊、镇定、平静、完好得令人惊叹。如果没有那些管子，他的脸和身体其他部位可谓纹丝不动。两根肋骨被撞裂，一条腿骨折——不是开放性骨折，固定起来就行了，别人是这么告诉我的。我反驳了他们，心想固定起来有什么用啊，他又不会立刻起来蹦蹦跳跳。护士向我投来意味深长的目光，她觉得这句俏皮话从我这个遇难母亲的嘴里说出来，显得不合时宜。我是一个惊慌失措的母亲。至于是否遇难，那就不知道了。一切似乎都不真实。这是一场噩梦，塞尔玛，仅此而已，你会醒过来的，路易会来到你身边，他的发绺像冲浪运动员的一样乱糟糟的，垂落在黑溜溜的眼睛上，睫毛也跟着颤动起来，好像在笑一样。"你怎么了，妈妈？你不喜欢我开的玩笑吗？好吧，可能真的不好笑，但是我平平安安的，你不用担心。你给我买了我在亚马逊上找到的精灵宝可梦卡？我们晚上吃什么呀？我可以在全球音乐电视网上看演唱会吗？哎呀，求你了妈妈，你不酷哦。你最好了，我爱你。"

我绝不是最好的妈妈。我和最好的妈妈之间还隔着几光年。她在遥远的星系之外，嘲笑着我。她的儿子就在身边，微笑着，活蹦乱跳。我的儿子呢？

也还……

活着。

希望。

等待。

多久？

不知道。

3.

/ 紧随其后 /

周日晚上，我获准离开医院。工作人员不想放我周六就走，他们需要对我进行观察——正式观察。我觉得他们主要是怕我干傻事。他们不了解我。如果说有什么事是我不会做的，那就是自杀。我有着强烈的生存本能。哪怕是在最阴暗的时刻，我也能鼓起勇气重整旗鼓。这也是路易出事以来，我一直在反复默念的一句话。我应该开启战斗模式。我知道该怎么做。我是一位女战士，一个斗志顽强的人。"这很好，夫人，路易需要您的支持。当然，这也不能保证什么。但路易还很小，在他这个年龄，醒过来的概率要大一些。病情好转通常是一直接受顶尖治疗、年轻的病人不放弃、周围的人爱他且与他并肩作战的结果。"

因此周日我就离开了，怀揣希望，同时又心灰意冷。表面上，我想跟他一起抗争，护士们也鼓励了我。尤其是那个可爱的金发小个子，我觉得她有点像索菲·达旺[1]，在她的镜头前，我本可以把最隐秘的苦恼都吐露出来的。但在内心深处，一丝微弱的、令人恶心的声音——花了一夜时间研究昏迷之后，这种声音强烈起来，互联网在这种情况下具有超强的毁灭性——把这些想法悄悄地塞进了我的脑海："有什么用呢""想想迈克尔·舒马赫[2]吧，已经好几年了""如果他醒来患上闭锁综合征怎么办""如果他永远醒不过来怎么办"……没过多久，我又从彻底的绝望恢复到了一开始的乐观，以至于医院的工作人员开始担心我的精神状况是不是受到了影响。我想对他们说不要担心，我平时就是这样，今天只是有点极端，但我不确定这些话会不会让他们安心，我应该走出来，否则真要发疯。

我见到了路易。一整天都能跟他在一起。沉睡的小男孩。我期待看到他醒来，翻个身，低声埋怨："太早了吧，今天是周日啊。"如果能再听到一句这些平日里会惹我生气的话，我愿意付出任何代价。可是那么多话，他一句都没有说。一句都没有说。在机器的维

---

[1]　索菲·达旺（Sophie Davant，1963— ），法国记者、电视主持人、演员。
[2]　迈克尔·舒马赫（Michael Schumacher，1969— ），德国一级方程式赛车车手，2013 年在法国阿尔卑斯山区滑雪时发生事故，头部严重受伤。

持下，他的呼吸依然均匀，胸膛是他全身上下唯一还有些生气的地方。在那天很长的一段时间里，我一直握着他的手。我按摩了他的手掌、手指，还有脚，久久地，慢慢地。感觉他的身体还是温热的，这让我安心。整个面部，我能摸到的只有脸颊。闭上眼睛，他的小酒窝又浮现在眼前，他一笑起来酒窝就会陷下去。我哭了，哭得很凶。泪水滴在他手上，落在我手心。这大概很正常。我给他唱了几首摇篮曲。我把他最喜欢的那首哼了十几遍，他都12岁了还是会让我唱这一首。那是我编的歌，自己作的词。大概是最没有节奏感、最不悦耳的摇篮曲。但在我们眼里，无疑又是最美的。

　　太阳落山了。我害怕。我最怕回到家里。孤零零。需要面对他，可他又不在。打开门，闻到他每天都喷的那种少儿香水散发着令人头晕的味道，捡起通往洗衣房的过道上的脏衣服——他习惯了往那里扔。吃饭。睡觉。睡不着。前一天，医生给我开了安眠药，再加上已经筋疲力尽，这才睡了过去，而且没做梦。但是没有他在的第一夜就不一样了。我看到黑夜已经降临，张牙舞爪地阻止着我。几分钟之前，护士们就开始温柔地告诉我该走了，不能再待下去了，但我似乎没有听到。护士们说病情恐怕还会持续，说我应该坚强起来，为了他。我久久地拥抱了他，在他耳畔说了一些只属于我们两个人的事，然后站起身来，走出房间，把我的宝贝和我过去的人生丢在了那里。我应当直面今后的生活。

　　我决定一直走回家，觉得离开医院不流通的空气，到外面呼吸一下对我也有好处。在巴黎周日夜晚密集的人群中走了几百米之后，我想到了那个把我的生活搅得天翻地覆的卡车司机。警察局的人来找过我，但我状态不好，医生建议他们不要刺激我。但他们需要听听我的看法，警察回复道。过了一会儿，他们又回来了，我们交谈了十几分钟。我不得不描述了我对局面的看法，其实也没什么好说的。但我希望正义得到伸张，开始把报复的火苗引到卡车司机身上。警察明白了我的意思，平复了我要求判处他终身监禁的冲动，向我保证他们正在调查，很多目击者都可以描述当时的场景，还可以查看那条路上的监控摄像头拍下的录像，正义自然会得到伸张。尽管如此，其中一位警察还是提到，这是一场意外，我应该知道司机也是一位女性，是两个很小的孩子的妈妈，受到惊吓后她也十分慌乱，调查结果恐怕不会让我满意。证据指向一致，路易没有控制好滑板，这一点应该很清楚，虽然大家都没有恶意，但很难避免碰撞，司机的责任可能会很小。于是我开始唾弃警察的无能，嘶吼道事情的经过不是这样的，我儿子跟这一切都没有关系，那个婊子如果真能让警察相信她没有责任，那她就是个摆布人的高手，说这些警察也是蠢货，还骂了一些别的话，但事后记不起来了。我站起身，怒气冲冲地朝他们的方向挥了一拳，这时索菲·达旺和一位助理护士走进房间，阻止了我，然后我就坐在冰凉的绿色亚麻油毡地面上，倒在这位电视主持人的怀里，像疯了一样号啕大哭起来。警察们心平气和地指出，他们不会把这些无疑已经超出我思维的话语和举动考虑在内，希望我能努力鼓起勇气，然后离开了。我不仅失去了儿子的未来，也丢掉了尊严。我已经得知卡车司机是一位女性，也是一位妈妈，却还是希望最坏的事情发生在她身上，尽管我对她的生活一无所知。

我摇了摇头，继续朝圣马丁运河岸边走去。再走一刻钟左右，我就到家了。我们的家。孤零零。

走了一公里后，我的反应活跃起来。我瞥了一眼手表，表盘还是碎的，依然是 10 点 32 分，不用再对它有任何期待了。我伸出右手去找手机，从前一天开始我就没想过要用手机，这倒是前所未有的，直到……前所未有的事发生在了我身上。在鼓鼓囊囊的手提包里划拉了几下之后，我意识到手机不在里面，想起出事的那一刻我失手把它扔掉了。

我停下了脚步。JP。我当时在跟 JP 通话。我没有联系他，也从没有想起过他，没有想过第二天还要向大老板先生做那个该死的报告。我本该在周日准备那个报告的，而周日，就是今天。JP 没有听到我的任何消息，应该会担心吧。当然，担心的是报告，跟我这个小人物没什么关系。我琢磨着出事时，他听到了什么。他是否以听众身份见证了此事，还是说手机在之前就摔碎了？我反复回想当时的感觉，确信手机当场就摔碎了，JP 什么也没有听到。在某种意义上，这让我安心，因为我绝不愿意看到埃热莫尼的员工向我投来假惺惺的同情目光。我的事业会成为我的救生圈。如果我失去职业生涯，那我就更加一无是处了。我要不惜一切代价把这片依然正常的绿洲保护起来，把特效洗发水部营销总监塞尔玛保护起来，不要让她被昏迷少年之母塞尔玛埋没。

尽管我在努力地想着 JP 和工作，然而事故的一幕幕依然不停地向我涌来，我听到我的嘶吼声在回荡，感觉一阵阵恶心袭来，忍不住呕吐起来，吐在了马路正中间。咳嗽，打了几次嗝。为了躲开我，一个老太太牵着狗换了一条路走。巴黎人关心的就是这些，真是奇怪。

我在一座大楼的台阶上坐下来喘了口气，平静下来，把那些嘈杂和疯狂丢在了一边。我在那里坐了多久？久到忘记了寒气还在噬咬着我的手、耳朵和脸颊。

然后我又开始酝酿一些想法。我慢慢描绘出了短期生活新目标的轮廓。没有目标，我就无法前进。我从来不会毫无目标地活着。

事故发生后，我之前所有的目标都失效了。我果决地重新列了一个简短的清单，接下来我所有的努力、所有的精力都会花在这上面。之后，咱们再走着瞧。

目标一：让路易醒过来。

目标二：跟以前一样继续职业生涯。

在那个忧心忡忡的夜里，我只合眼睡了不到一小时，剩下的时间都在准备给大老板先生的报告。在电脑面前，我又回到了"才思泉涌"的状态，周围的一切都不重要了。

这正是我所需要的：用大量的高难度工作麻痹和扼杀我的思想，让我不再去想路易的事。

4.

/ *哦，船长！我的船长！* [1] /

　　"该死的塞尔玛你在搞什么鬼我给你打了50次电话你这样太不专业了你至少给我回个电话啊妈的你给我造成了多大压力我希望你已经把报告要改的地方都改好了否则还得花个该死的一刻钟那我就帮不了你了我的小心肝。"

　　吸一口气。第一口。

　　"我也爱你，JP。总之，早上好。"

　　"你就拿我寻开心吧。一点也不害臊。幸亏我爱你，什么都愿意为你做。"

　　这个家伙什么都敢说，一句话之后又会翻脸。真让人发疯。公

　　[1]　出自美国诗人惠特曼为纪念林肯被刺而写下的著名诗篇《哦，船长！我的船长！》。

司里所有的年轻人见了他之后都会不知所措，不知道要拿他那些充满敌意的命令怎么办。在这个问题上我了解了一些信息，确信 JP 就是个自恋又邪恶的人。他会用复杂又含糊的要求把他要加害的人弄得一头雾水，待他们完成工作后一边向他们表示祝贺，一边指出他们就是十足的蠢蛋。

"给你，这是报告的最终版。"说着，我把一个 U 盘递给他。

"都怪你，我夜里都没合眼。公司给你开这么高的工资，为的就是如果遇上周一要见大老板，你周末就别休息了。明白吗？"

"一清二楚，JP。我保证不这样了。"

撒撒娇，抛抛媚眼，用上小姑娘的策略，既要有悔意，又不失骄傲——对待邪恶的人，最有效的莫过于以其人之道还治其人之身，组织好语言，拿出自相矛盾的态度，把他也弄得一头雾水。

JP 浏览了报告，看着我咧嘴微笑。我的活儿干得不错，我知道。他对我无可指摘。

"好样的，小姑娘。你是个烦人精，但还不错。当然，我说'不错'是指你能力不错，私底下说，你已经过了我的食用期限了。开个玩笑，你很清楚我喜欢你，你是我认识的最漂亮的 MILF [1]。好

---

[1]　Mother I'd like to fuck. ——原注（英语俗语，意为成熟而具有性吸引力的女性，中文可译为"半老徐娘"。——译注）

了，不开玩笑了，大家在等我们呢，脱下你的小内裤，我们好好快活快活，哈哈。"

不要担心，JP，我不恨你，但从两年前开始，我就经常用苹果手机录下你和你的同类就我和其他女性发表的"好"言论。我可不是什么初出茅庐的小孩。

随后，我和 JP 坐上了通往八楼的电梯。路上遇到的每个人都赏了我们一句应景的"加油"。大老板先生是公司里的恐怖制造者，更是一个传奇。"刀子嘴，刀子心。"跟他一样同在法国巴黎证券交易所 40 家上市公司担任总经理的同行们这样说。"一个大傻瓜。"工厂刚刚被关闭的埃热莫尼荷兰公司的员工这样说。这个大老板对公众一无所知，却当上了金融界的半个神，要敬仰他，千万不要反驳他，否则就得忍受这位现代独裁者的雷霆大怒。

至于我，我倒是不怕他，这肯定是因为我想起了母亲对我的教育。她总是跟我说，如果有人把我吓住了，我只需想象一下他在最滑稽的场景中的样子，就不会把他神化了。"无论是谁，无论他有多么傲慢，或者多么有权势，想象一下他在厕所里的样子，你就能在脑海中把他放回恰当的位置了，我的女儿。这个人跟别人没什么两样，他也有同样的生理需要，也有着同样的权利和同样的义务，这一点永远不要忘记。"

　　10分钟后，我们进入会议室。里面坐着30多个人，哭丧着脸。不过这很正常，我们谈论的是化妆品，这是最严肃的话题之一。在这种会议中，很多列席者会假装在听，实际上则是在用笔记本电脑回邮件或者网购。这些人从来不插话，但总是跟大领导意见一致，大领导一发言，他们就装出一副深受启发的样子表示赞同。如果演讲者是女性，那么合乎礼仪的做法是穿上短裙和高跟鞋，用公司的全套产品化个妆："睫毛如丝"睫毛膏、"红色主义"口红、"复古优雅"眼影、"欢乐纽约"限量款紫红指甲油。至少如此。

　　大老板先生喜欢取笑女客户，居高临下地称她们为"米丘夫人[1]"；取笑埃热莫尼的广告模特，经常把他们比作家禽，等他们一出现衰老的迹象就要求我们换人；取笑工厂员工，说他们连一家工厂都撼动不了；取笑领最低工资的人，说他们应该庆幸有一份工作，那些一天只花一欧元就能过得很好的越南佬很快就要取代他们了；取笑营销总监，说他们为了让空洞无物的推荐通过，就连珠炮式地冒英语单词。大老板先生真是个喜剧演员。此外，会议室里一片欢乐，这个信号不会错。

　　我开始做报告，很快就注意到了大老板先生没有听。他正在戳

---

[1]　代指随便什么人，类似于中文里的张三李四。

弄苹果手机，露出猥琐的微笑。我想象得到他在聚精会神地看什么内容。我决定停下来。这个让我忙活了一整夜的该死的报告，是讲给这位蓝精灵爸爸的，是给他一个人听的。如果他不听，我也就没兴趣继续讲了。几位参会者清了清嗓子，抬起头看着我，心想我在玩什么把戏，因为这里的规则是无论殿下态度如何，表演必须继续[1]。

我的沉默让大家安静了下来，总经理抬起头朝我这边看过来，仔细看了我一会儿。他一脸狼狈，坐直了身子，把智能手机放在桌子上。

"怎么，我的小塞尔玛，发生了什么事？"

"这个报告是讲给您听的，可是您没有听。所以我停下来，留出时间给您处理紧急事件。"

"在您面前就座的是行政委员会成员，还有公司的20多位高层领导，这个报告不是讲给我一个人听的，我不喜欢您的语气。请继续。"

我犹豫了一下，看了看脚下。我要保持镇定，毫无怨言地接受，然后我否定了这个想法。

[1]　英国摇滚乐队皇后乐队的歌曲"The Show Must Go On"。

"哪位先生可以总结一下报告的开头？"

参会者们的注意力再次被吸引。嘲讽的微笑。惊慌的目光。

"您在玩什么把戏，我的小塞尔玛？"

"我不是您的小塞尔玛。很好，我们继续。"

我从刚才停下的地方继续做报告，但明显感觉到大老板先生在琢磨什么事。话说到一半，他打断了我。

"不，我们不继续讲了。您的报告没有准备好，太业余了。等您多少弄一弄再来见我。我想知道您是哪种女人，我的小塞尔玛，我喜欢这个问题。您有孩子吗，我的小塞尔玛？"

我产生了一个想法，在职场环境中不合时宜，又出人意料。路易，卡车，医院。把这些画面赶走，快点。

"我有一个儿子，主席先生，但是我不知道这有什么关系。在您看来，我是哪种女人？还有，恐怕我还得重复一遍，我不是您的小塞尔玛。"

"您是那种把事业摆在第一位、会为成功做好一切准备的女人，如果您明白我的意思。这很好，在座诸位对此毫无怨言。"

他又露出猥琐的微笑，参会者们也窃窃地笑了起来。我又回想起我沿着圣马丁运河往前走的画面。10点31分，路易想跟我讲话，我在打电话，我把事业摆在了第一位，大老板先生说得对。我感到一阵恶心泛上来，同时泛上来的还有泪水。大老板先生继续。

"我特别害怕那些一天到晚什么都不干的女人，当然，除非她们买我的产品。我想您不一样，您是全心全意为公司奉献的。我以前看错您了。或许您应该少花一点时间照顾孩子，多花一点时间准备报告。会议结束了，我的小塞尔玛。"

他站起身。我感到一股闷气在我身体里咕噜响。

照顾孩子。我回想起前一天在路易床边的情形：照顾我受伤的少年，勉勉强强地试着为他做点有用的事。我曾尝试掩饰悲伤，但后来丢掉了没用的铠甲。我回想起路易第一次放学回家时的情形：照顾我的小男孩，把他最喜欢的巧克力棒偷偷放进书包，为了安慰他还在上面画了一颗小红心，对他说我就在他身边，永远。我回想起在产科抱着路易的情形：照顾我的宝宝，一个人。我感觉我是个坏妈妈，因为我给他喂母乳的方式不对。我感到胸部在疼，没有成功。路易体重下降，人们建议我用奶瓶，但我坚持下来了，我没有放弃。两天后，路易开始吮吸，我哭了起来。总之，照顾他。

那个卑鄙的家伙不知道他在说什么。我朝他走去，做了很久之前就该做的事，做了社会上所有女人很久之前就该做的事。我站在独裁者面前，拦住了他的去路，用尽所有力气给了他一记耳光。

大大的耳光。

至尊耳光。

超级耳光。

耳光中的耳光。

我要付出昂贵的代价。我要被赶走了，我知道这一点。可是好爽啊！真爽啊，这个耳光！那个浑蛋头头儿盯着我，惊呆了。他用手捂住脸，冲我微笑了一下，对后面的人喊：

"马上把这家伙给我赶走！"

我简短地回答：

"非常乐意，经理先生。"

我以一种从未感受过的状态走出了房间。我以为我会号啕大哭，可是我没有，我发出一阵狂笑。

5.

/*愿我心松弛*/[1]/

我失败了。我的目标二打了水漂。从今往后,有一件事是确定的了:我不会再像以前一样继续职业生涯了。我以为我会感觉特别糟糕,可是到了第二天,我感觉肩上的担子轻了,我可以一整天都陪在路易的床边了。我向他讲述了我的遭遇,讲述我是如何教训那个猪一样的老总的,我像模像样地模仿起当时的场景,惹得在场的护士哄然大笑,尤其是索菲·达旺,她像讲悄悄话一样,偷偷告诉我医院里也有很多这种事,没教养的野人在走廊上乱跑,听了我的故事,她们这些每天都要受到睾丸素过剩的男人们侮辱的女性又重新燃起了希望。我想把这件趣闻讲给母亲听,我想她会为我感到

[1] 法国歌手玛莲·法莫(Mylène Farmer, 1961—)的单曲"Que Mon Cœur Lâche"。

自豪的，这会是多年以来的头一次。但我很快就把这个想法咽到了肚子里，我绝不想让她闯入我的生活，她是个不受欢迎的人。我同意让她去看路易，但小心地避免与她见面。我决定由我们俩轮流照顾他。

路易还是一动不动。我不想让人觉得我会任由自己被打败，所以尽可能试着让他过得欢乐一些。医生说得很清楚，他感知到外界的概率非常小。尽管如此，但还是有一丝希望，于是我就抓住它不放，想向他证明妈妈在战斗，妈妈没有陷入绝望。

当我晚上回到家，准备释放一天的压力时，我进入了一个极为失望又痛苦的阶段，任凭自己哭了出来，一杯红酒在手，然后再来一杯，最后喝掉了整整一瓶。随后我感觉好些了。我轻飘飘的，任由自己做起了白日梦。在频频出现的梦境中，在那条该死的人行道上，路易及时停住了，回过头笑了起来，做了个冲浪运动员的手势，意思是"一切尽在掌控，妈妈"。我们一起笑了起来，手挽手朝火车东站走去。而在真实的生活里，第二天早上我带着宿醉醒来，就着咖啡吞下一克扑热息痛，没有理睬妈妈的短信和邮件，然后出发去了医院。

~~~

在那个响彻寰宇的耳光事件后的第三天，我手里拿着重大失误解雇信，约见了一位律师，向他描述了当时的情况。他做了个鬼脸，表示我处境不妙……直到我亮出了像宝贝一样藏在袖子里的王牌：15 年来，我一直忠心耿耿地效力于埃热莫尼，收到的评价总是充满溢美之词，我偷偷录下了几十条录音，可以证明公司内部存在普遍的性别歧视，此外——接下来这个有些出乎意料，在参加了那场倒霉会议的少数几位女性中，有一位出于同情主动给我发来了邮件，表示愿以匿名形式为我做证。

律师面露喜色。这是个好活儿，我的材料铁证如山，对埃热莫尼这样一个集团来说，它的生意如何完全取决于全世界女性的信赖，因此它绝对承担不起风险，性别歧视丑闻可能会使它遭受抵制，损失几千万欧元，并引发史无前例的公关危机。律师将立刻展开财务谈判，保证让我在今后多年衣食无忧。按他的说法，我可以轻而易举地获赔五六十万欧元，不过我们可以把目标定得高一点，吓吓那个大人物。

因此，这位律师大人把他最喜欢的一条录音发给了埃热莫尼的律师们。麦克风一开，表演开始。营销团队正在介绍他们的新广告，参演者为珍妮弗·普雷斯顿－康韦尔，这位女演员曾荣获三座奥斯卡奖，在社交网络上坐拥 3000 万粉丝。大老板先生毫无顾忌，打断了发言者。

"这个珍妮弗，太老了点。光修图，就得花上一大笔。去吸吸脂吧，这样对她大有好处，您明白我的意思吧？"

他停顿了一下。大家都觉得尴尬。沉默。大老板笑了起来。

"她的胸部怎么那么小，屁股又那么大？给她隆隆胸，收收臀，这次就凑合了。下次换别人代言吧，我的小宝贝。不然我们的身体护理产品的销量就要一落千丈了，您也跟着陪葬吧。"

眼看大笔收入就要落入囊中，律师狂喜不已，眼里闪着铜臭味的泪光。

~~

到了第九天，医疗团队决定停止对路易的治疗。感染已经控制住，血肿也消了。我也愿意相信路易正在朝着好的方向发展，可是医生们还说，既然已经不再人为地维持他的昏迷状态，那就要对他的实际知觉状况做出评估。现在，我们要弄清楚路易是否有醒过来的迹象。但多久才能弄清楚呢？两天之后，我们就会对情况做出准确的判断。耐心。勇敢。

≈

　　在这两天里，我遭受了难以忍受的等待之苦，苟延残喘着，走到哪里都在哭，从头到尾都在哭，看到什么都会想起路易，想起他不在身边。面包师傅跟我说早安，我哭了起来，因为我看到了我经常给儿子买的马卡龙。我打开收音机，却无法忍受那些流行歌曲，仿佛在这个空荡荡的房间里，连痛苦的沉默都有回声。走在街上，一看到有人踩着滑板，我就吓得要摔倒。我瞥见一辆卡车，不得不在长椅上坐下来喘口气。我这一生厄运连连，我再也承受不住了。

　　我的头痛日益加重，如同针扎一般。从最初的一瓶酒，到后来翻了倍。我蒙骗不了医院的员工。他们派来了最光彩照人的密使——索菲·达旺。他们知道我最喜欢她，她最能牵动我的心弦。她尽可能温柔地跟我说话，督促我做出回应，还给了我一个精神科医生的地址，让我尽快去看医生，我出现了问题，在我这种情况下出现问题是很常见的，现在还为时不晚。"答应我，您会打电话给他。""好的，就这么说定了，索菲。"

　　我没有打电话给他。我陷入了沉默，我感觉被榨干了。我的律师告诉我，埃热莫尼那边的开价又提高了，已经接近 100 万欧元了。他在电话里狂喜不已，但是这个消息没有给我带来丝毫快乐。这条信息跟其他的没什么两样。

最近这几天，我才睁大眼睛，看了看我的一生这个可怕的现实。除了我的工作和我的儿子，我什么都没有，我什么也不是。我的感情生活单薄得如同一张卷烟纸，我已经长达十个月没有性生活了。

然而以前的我还不错，中等身材，身段苗条，身高 1.68 米。面部紧致，榛子色的眼睛线条分明，眉毛浓密、有型又脉脉含情，显得眼睛很大，所以我一直不愿意把眉毛修薄。一头棕发熠熠闪光，这个形容词是我的理发师用来安慰我的，因为我觉得一大堆头发不太好打理，要经常盘起来，插上一支铅笔做簪子。我喜欢这个动作，自少年时代开始我就是这么做的：把浓密的棕发撩起来，转着圈盘上去，这样脖子上的皮肤就终于可以解放了，可以自由呼吸并颤动了，有时还会诱惑一下别人。

我在多家约会网站上填写了资料，把我的玉颈、秀眉和乱蓬蓬的发髻展现在世人面前。我勾选了一个方框，说明我在寻找露水情缘。无数自荐者向我拥来，把我淹没了。其中大部分是已婚男士，这让我完全相信了男性的平庸。

我一生中仅有过一段真正的恋情，那是跟路易的亲生父亲。一股持续了近两年的激情，一段不可能有结果的恋情。他从来不知道他当了爸爸。我也不想知道后来他变成什么样了。路易曾多次询问他的出身，我母亲也多次问起路易父亲的事。她曾表示她发现了一些重要线索，但我拒绝多言。比起难以为继的三角关系，我更喜欢简单的、与他人无涉的母子关系。我宁愿选择四分五裂的家庭，也不愿选择重组家庭。

≈~

第 11 天晚上，我被部门主任叫进了会客厅。他的名字叫亚历山大·博格朗，是医院里的红人。他精心梳了一个凡尔赛宫廷式的发型，微笑起来让人招架不住。如果换个场合，我可能会很愿意与他见面。可是他脸色严肃，更何况我们在一间装饰过于艳丽的房间里，也说不出什么真心话。我害怕。我坐在那里，保持沉默，双目低垂，胳膊交叉，嘴唇紧咬，手握成拳。我的一切都是封闭的。

于是这位医生开始向我解释，缓慢地，字斟句酌地。我的世界早已崩塌。路易没有出现任何苏醒的痕迹，医疗团队很担心。我不清楚他们用的术语是什么意思，总之路易成了所谓的植物人。这究竟意味着什么？他还在呼吸，某些反射作用还正常，但脑电图提示有脑部疾病的迹象。"该死，请您说得清楚一点！"我开始无法保持平静了。他却依然平静，应该是见惯了处于崩溃边缘的父母。他想说脑电图的线条不是直的，因此不能宣告脑死亡；可以监听到混乱的背景噪声，这说明路易的神经元正在进行着完全无规律的活动。维持其生命的预后工作已经启动，还要继续等。

我想就是在这时候，我嘶吼了一声。或者，就是在这时候，他说出了那个11天以来我一直不允许自己去想的词——死亡？路易可能会死。我问道："还要等多久才能知道答案？"他不想回答我。我问了第二遍，然后问了第三遍，嗓门越来越大。我呼吸加剧，我哭了，我用手捂着脸，把手伸进头发里，一遍又一遍地重复道这不可能。我疯了。亚历山大·博格朗几次打断我，反复强调："很抱歉，女士，我没法回答您。"我要求他做出回答，说他不能看着我这个样子却不管不顾，他肯定知道还要等多久。需要日复一日地观察路易的身体，尤其是脑子会出现何种变化。每当出现新迹象，就能重新评估路易的状况。这样没错，可是如果什么都不发生呢？如果什么迹象都不出现，那要花多久才能知道完蛋了呢？该死的，回答我啊！回答我吧，求求您了，我需要知道答案。我需要知道答案。

我知道了。我坐在那里，心碎了一地。亚历山大·博格朗把手搭在我的肩膀上。我哭不出来了。一个月。一个月之后，如果路易还是这个样子，医生们会重新考虑是否继续治疗，那时他们可能会决定不再人为地维持我儿子的生命。如果一个月之后，他们认为他的神经没有恢复的希望，就会决定不再让他遭受多余的痛苦，就会决定不再用非理性的、不合适的方式穷追猛进。届时他们就会撤掉机器。一个月。漫长的一个月。转瞬即逝的一个月。可是一个月还没到呢。勇敢。耐心。我感谢了他，他又问了我最后一遍，说这样可以吗，我回答说当然可以。

~~~

我神情恍惚地走出了医院。在嘈杂之中，我分明听到了口哨声，像牛仔的口哨声、牧羊人呼唤羊群的口哨声，我一直都很讨厌这种声音。我转过身，看到了她，她站在那里，手叉着腰，目光冷峻。是我母亲。我不需要这个，今天晚上不需要，今天晚上尤其不需要。

我假装没有看到她，加快了脚步。她又朝着我吹了十几次口哨，仿佛我是一条流浪狗。我叫了出租车，冲进一辆带深色车窗的。我看到她一边打着夸张的手势，一边朝我跑来（我母亲刚满 60 岁，浑身是劲）。我不知道去哪里，但我不想回家。我把一家餐馆的地址给了司机。我头脑一热，决定到一家星级餐馆庆祝一下我儿子的最后一个月生命。就在这天晚上，我平生第一次遭到了服务员的拒绝。在我点第三瓶天价葡萄酒时，服务员礼貌地要求我结账并离开。我特别不理解他的做法。我记不清楚了，我想他们是不得不把我请出餐馆的，我是公款吃喝——所以他们要摆脱掉我这个酒鬼，宁愿不让我付钱，也不要在那个静悄悄的地方引起一阵哗然。

返回时，我怎么都打不到车。有几辆车停了下来，但看到我的情况，都拒载了。一位名字很温柔——叫马马杜——的白马王子一直护送我回到了家，把我放在了大楼入口处。

"您确定没事吗，夫人？"

"当然，什么事都没有，出租车司机先生。"

车开走了，我倒在了密码门和内线电话之间的小隔间里。

6.

倒数第 30 天

/反抗/

我在自己的床上醒了过来。我头痛欲裂，想吐，一点点回想起前一天发生的事，恨不得找个老鼠洞藏起来，羞耻让我哑口无言。我希望昨天没有遇到邻居，但很快便意识到，我怎么也想不起来我是怎么上楼回到家的了。我的艳遇——据我所知是艳遇，一切都很模糊，但我想我应该能认出他来——在大楼入口处就结束了。我慢慢起了床。我开始头晕。我往前走了几步，费力地走出卧室，来到客厅。

口哨声响起，我吓了一跳，转过身，是母亲。

她腰上系着围裙，右手拿着吸尘器的管子，左手握拳放在腰间——她的招牌动作，说明她已经不耐烦了。

"我的女儿，你现在的情况，看了真让人害怕。"

"你好，母亲，你在这里做什么？"

"我要爆炸了，你看看，我把这个猪圈稍微收拾了一下。我想过你可能会自暴自弃，但我发现你远远超出了我的想象。我差一点就要把电视上那两个姑娘叫来了，她们是帮助身处绝境者把事情理清的。"

我瞥了一眼房间，她说得对。我嘴里含着"你说得对"这句话，但就是说不出口，于是我什么也没有说，瘫倒在沙发上，抓过一条格子花呢长巾，把自己裹在里面。

"啊，还有，别找你的劣质酒了，我都扔掉了。"

"你干了什么？"

"我把它们都扔掉了。"

"该死，母亲，那不是劣质酒，你把好几百欧的东西丢进了垃圾桶。"

"好好说话，亲爱的。别管多少钱了，你看看你，你不能再这么下去了。我得把这些事接管过来了。"

"不，你别接管什么事，就让我清静清静吧。如果我想时不时喝个一两瓶，那也是我自己的问题，而且你也不是我的清洁工。请你走吧，母亲。"

"想都别想。我要留下来。"

"你就别管我了，行吗？"

"你看看我的脸，像在开玩笑吗？你知道昨天你会出什么事吗？你喝得烂醉如泥，不知道会遇到什么强奸犯。司机把你放在那里，你瘫倒在地，钥匙还在身上，如果有坏人经过，鬼知道他会对你做什么。我在大楼的台阶上等了你整整一个晚上，跟乞丐一样。幸亏你的邻居们认出了我，没有把我扔出去。我看到你瘫倒在门口，心里真难过。看到你这样我心里也不好受，塞尔玛。我跟踪了你好几天。我替你感到害怕，我看着你堕落，酗酒，明显瘦了下去。我知道你整天都待在医院，一开始我觉得你为儿子做的事真的很棒。可是现在你累到瘫软，大家都看得到。你会慢慢死掉的，这对我们一点帮助都没有。如果你这样自暴自弃下去，又怎能指望路易鼓起勇气抗争？"

"真该死，你明白吗，他可能永远也醒不过来了！你想让我跟什么抗争？如果有敌人，我知道得去抗争，可是现在没有！他们停止了治疗，可是什么都没有发生！什么都没有！你知道这意味着什么？意味着从现在开始，如果一个月之后他的脑子里还是什么征兆都不出现，他们就会停止一切措施。他们会拔掉电源，然后就完蛋了，什么都没了，我就一无所有了。你看着我，你看到了什么？

一个一无所有的可怜女人。一无所有。"

　　母亲走向前。她在沙发上坐下，紧靠着我。她把手搭在我肩膀上。我想，这是十几年以来我们第一次有身体上的接触。我往后退了一点，但没有把她的手甩开。

　　"这不是真的，你说得不对。你比你想的要强大很多，但是你意识不到这一点。你需要走出这个恶性循环。我就在你身边。路易也在，医生们没有说谎。他们还留着他，留着我们的小家伙，这说明他们心里是有希望的。你很棒，塞尔玛。我很久没有跟你说过这种话了，可是我为你感到骄傲。我为你成了这样的女性而感到骄傲。"

　　"放屁。"

　　"别替我想这想那了！你又不在我脑子里，就别管我怎么说，也别管我怎么想。在新情况出现之前，我就住在你这里了。"

　　我挺直身子，仿佛后背被一根尖锐的针刺中了。

　　"绝对不行。"

　　"我不是在征求你的意见。我趁你睡觉时找人配了一串钥匙。"

　　我没有力气反抗了，这会儿不行。我在沙发上挪了挪身子，又躺下了。母亲站起身，我昏昏沉沉的，吸尘器呼呼作响，像一首摇篮曲。恍然觉得我仿佛也只有十二三岁。头好疼……

~~

那一天，自出事以来我第一次没有去看路易。我睡了整整一天。醒来时，母亲正在厨房里忙碌，一阵熟悉的味道飘来。南方的味道。

母亲出生于法国东南部，虽然我们住在巴黎，但经常去瓦尔省的海边度假，住在奥黛尔姨妈家。五年前，她去世了。奥黛特和奥黛尔在想象世界中发生过一场灾难[1]，而现实世界中的这两个人是一对真正的姐妹花，她们是双胞胎。我很喜欢奥黛尔姨妈，她总是为我们准备美味又精致的菜肴。国庆节的晚上，我们可以喝到蔬菜蒜泥浓汤，然后从耶尔的老城区向南一直走到市中心，去那里看烟花，唇齿间还留着香味。我觉得当时的我很幸福。我明白了今天晚上母亲为什么要来我这里。在混杂的味道中，我辨认出了蔬菜蒜泥浓汤。这是一道夏天的菜，可现在是 1 月 19 日。不管了，我饿坏了。

我很快注意到公寓变干净了。母亲可从来不是什么贤妻良母，我怀疑她喊了我雇来打扫卫生的女佣弗朗索瓦丝，但我什么话也没

---

[1] 奥黛特（又译奥杰塔）和奥黛尔（又译奥吉莉雅）是柴可夫斯基的芭蕾舞剧《天鹅湖》中的人物的名字。在《天鹅湖》中，魔法师曾用外貌与奥杰塔相似的奥吉莉雅来欺骗王子。

说。我在厨房的吧台前坐下来。两个盘子，两个杯子。我得准备坐在母亲对面吃饭了。要在几天前，这么可怕的事我想都不敢想。这话听上去没心没肺的，不过反正我的生活已经乱七八糟了。母亲对我微微一笑，问我睡够了没有。她的措辞，再加上罗勒让人头晕的味道，把我的思绪抛回到 30 年前。像普鲁斯特入口即溶的玛德琳蛋糕。我仿佛又回到了鹌鹑之丘[1]那幢公寓的厨房里，桌上放着冒着热气的巧克力，母亲微笑着，像往常一样问道："睡够了吗，我的小暖猫？"母亲总是叫我小暖猫。这些词语，她已经很久很久没有说过了。

这是意义非凡的一天。这是死而复生的一天，或许吧。

我放松了戒备，只说了一句："是的，妈妈，谢谢。"

/ *爆炸性新闻* /

好吧，我很抱歉，因为我完全误导了大家。我想我还活着。情

[1]　鹌鹑之丘（Butte-aux-Cailles）是一个山顶社区，位于法国巴黎东南部十三区。

况不好，但还活着。如果是 BFM 电视台，可能会在红色大标题栏显示"爆炸性新闻：他还活着"。应该说，意识到这一点并不容易，我是过了一段时间才知道的。你们怎么会知道我还活着？如果你们早就知道了，那就没意思了。

说到这里，你们会问，为什么我之前要说我已经死了。首先，你们看错了。我从来没有说过我确定我死了。我说话像演说家一样谨慎，就像人们吹嘘自己说起话来跟写希腊神话书一样。我一直在说"我想""我觉得""我感觉"。的确是这样。说实话，我不知道这段时间里我在哪里。我说过，我看到了卡车的大灯，然后一片漆黑，然后我意识到我已经不在真实的人世间了。但是我还能继续想，继续思考。仿佛做了一个很长的梦，但是梦里没有出现那些奇奇怪怪的玩意儿。没有看到我像游自由泳一样在空中飞的画面，没有看到三个头的怪物追着我在睡美人的城堡里奔跑，没有跟珍妮弗·普雷斯顿－康韦尔发生性关系，rien, niet, nada[1]，只有正常的、标准的想法。

你们自然会问，我是怎么知道我现在还没死的。我很想回答，我看到了那条隧道，一道白光闪过，上帝喊我走上前，他英俊、魁梧，

----

[1]　分别为法语、荷兰语、西班牙语的"什么也没有"。

温暖的云朵闻起来香香的，他对我说小路易你时辰未到，回到人间吧，100年后再回来。然而实际情况绝非如此。实际情况是，我进入了一个似梦又非梦的世界，我再也感觉不到自己的身体，只剩下思维和想法。不，我向你们保证我没有疯，但你们现在是知道了，不管我怎么说"我觉得"，你们都不应该理会。

我进入了另一个世界，突然间我又能感觉到我的身体了。首先是手指。我的手指重新变得真实起来，我感觉到了很难受的刺痛。你们知道，如果夜里枕着胳膊睡了很长时间，就会感觉到身体边缘好像接上了一段枯木，手也不听使唤了，只能等待血液重新流回沉睡的肢体，感觉像有蚂蚁在里面爬。有时候会有点痒，有时候又疼得让你觉得胳膊要坏死了。啊，我刚刚开始频繁出现这种感觉，仿佛我的手指正在几百万只蚂蚁的攻击下坏死。随后同样的痛感开始出现在身体的各个部位，我意识到我要耐心应对这种疼痛。渐渐地，我也就习惯了。还是说痛感减弱了？我不确定。我确定的，是我的身体已经苏醒，但还不能动。我用尽全力也无济于事，命令我的眼皮睁开、手活动一下、舌头动弹一下，全都无济于事，什么也没有发生。真让人发疯。我哭了起来，嘶吼起来，当然是在心里。我身陷囹圄，孤身一人。在反抗了很多小时（很多天？）之后，我觉得我又睡着了。然后觉得我又醒了，然后觉得我又睡着了。这些细节就不讲了，总之感觉就像坐在旋转木马上，转了很长时间。

然后发生了一些不寻常的事。我听到有人说话，起初是模糊的声音，好像来自远方。我开始严肃地思考我是不是正在前往彼世，尽管我和妈妈从来都不相信有彼世这回事。然后我心想，用一句"今天早上你处理过 405 房间了吗，碧姬？"来欢迎新成员不是很奇怪吗？

哦，我的上帝。哦，我的上帝。哦，我的上帝。哦，我的上帝。在美剧中，如果发生了什么不可思议的事，人们的反应就是这样的。在短信用语中，会将"Oh, my God"简写为OMG。所以我要说：OMG, OMG, OMG, OMG, 我觉得我听到了周围的声音。

从这些话里能得出什么结论？

结论一：我在 405 房间，或者离 405 房间不远。

结论二：我旁边有两个人，其中一个叫碧姬。除了那个唱过"现在努力奋战吧"的女子组合[1]，我不认识什么叫碧姬的人。这是一个信号吗？意思是让我不要放弃？可是这个信号也太难懂了吧。我是不是要参加一个小型私人演唱会？我表示怀疑。

结论三：碧姬在远处回答说没有，她还没处理过 405 房间，但

[1]　指法国二人女子歌唱组合"碧姬"（Brigitte）。碧姬二人组的音乐一直散发着公路电影的气质，与电影《末路狂花》精神相通。

是不用着急，那里也不脏，于是我推断"处理"的意思是打扫卫生。

　　我决定再等一等。不过也就是这么说说，因为除了等我也干不了别的。在此期间，我探测着最轻微的声音。我就像进入了神秘洞穴的阿里巴巴，像发现了自己能使用魔法的哈利·波特，像被马车迷住了的灰姑娘，像……好了你们应该明白我的意思了。每一阵响声都是一座宝藏，我兴奋得像跳蚤一样，哪怕我知道什么也没有出现。从表面看我应该是一张扑克脸，面无表情，连最会虚张声势的人都捉摸不透我。我显然也不是那种富有表现力的人，别人怎么也不会用这个词来形容我。快速分析了一下环境：规律的嘀嘀声，呼吸声（可能是我发出的），模模糊糊的喧哗声和餐具的声音——好像远处有食堂，碧姬的女同事正在哼唱一首我没听过的曲子，中间还停下来说了一句"你好，医生"。我在医院里！这个你们也知道？该死，如果你们还知道别的事，请告诉我，因为事情开始变得复杂了。不过我确定你们不知道我的听力恢复了，因为我自己也是刚刚知道的。

　　几个人走进我的房间，音量提高了一个等级。一个男声，两个女声。是新来的。我承认我没有全部记住，尽管如此，我还是弄清楚了很多事情，而且不都是好事。他们在谈论我，几次提到我的名字。我明白了我处在停滞不前的状态中，没有变好，也没有变坏。

他们没有什么特别要说的。停滞在了哪里？这时我听到了后面那个词——昏迷。我吓了一跳。昏迷意味着情况很糟糕。在电影里，如果宣布"他昏迷了"，所有人都会哭起来，瘫倒在地，大吼大叫，用拳头捶医生，结局一准是医生俘获了忧郁妈妈的心。我立刻想到了妈妈。她知道我昏迷了吗？当然知道。她捶过医生的身子了吗？这倒真是她的作风，想到这里我不禁微微一笑——当然是在心里微笑，表面还是扑克脸。

那么这个昏迷诡计进展到哪一步了？我为妈妈感到难过。至于我，我之前没有意识到我昏迷了，所以我没有那么难过。我想知道我在这里待多久了，但是因为大家听不到我说话，所以我很难说服他们告诉我。当一位女士问今天周几时，我努力集中注意力。嘀嗒，嘀嗒，嘀嗒，我马上就知道了。第二位女士回答说今天周四。这对我帮助不大。然后她又张口说道："1月19日。"

OMG，OMG，OMG，OMG。上一次还是1月7日，周六。在此期间发生了什么事？这时我开始严肃地想象妈妈和外祖母奥黛特会处于何种境地，我只有一个愿望：告诉她们我又能听到了，一切都会顺利，我肯定很快就能跟她们说话了。

我等了一整天。我睡了一小会儿，想了很多，听了很多。我在等妈妈，等外祖母。

当我听到走廊上有人说晚安时，我明白一天结束了。没有人来看我。我孤身一人。

我哭了起来。

当然是在心里哭，表面还是扑克脸。

7.

倒数第 26 天

/ *愿望* /

我还要过几天才能走进路易的房间。不是罗伯特·德勃雷医院那间，而是另一间，真正的那间。从 1 月 7 日开始，我就没有再进去过。我关上门，没有再打开。母亲很理解这个房间在我的心理重建过程中的重要性，没有再迈进过一步，她尊重我的节奏——仅此一次。

然后我感觉准备好了，准备好面对印着他偶像的海报、试图表现自己最喜欢的英雄的绘画、乱糟糟的床、揉成团扔在桌上的睡衣，还有翻到 1 月 9 日周一这一页的学习记录本了。我缓缓地、小心翼翼地整理着。我决定洗一洗脏衣服。在抬起路易的床垫，打算取下天蓝色的床笠时，我听到了一个干脆的响声。一件东西刚刚掉在了地板上。我把床垫朝我这边抬了抬，想看看还有没有别的东西，结果什么也没有。于是我跪在地上，伸长了胳膊去抓滑下来的东西。

这是一本 A5 尺寸的简装小笔记本，封面很有特色，贴着几位现役足球运动员的贴纸。我微微一笑，打开笔记本。扉页上写着题词：

我的奇迹笔记本

这几个字出自我儿子之手，我认得出他挤在一起的字，他虽然已经不小了，字体却依然笨拙。有人向我解释道，这是某些早熟的孩子的特征：思想总是走得比双手快，字迹虽然说不上潦草，但也不怎么用心。我翻过这一页，屏住呼吸，开始阅读。

我最心爱、最珍贵的奇迹笔记本，我要告诉你在我死之前所有我想尝试的经历，它们都是我的奇迹，这有点像梦想清单，但又不完全像，因为我只会写下可能实现的事情。

这是一份开放的清单。如果我想到什么事、什么人、什么酷酷的或者更深刻的玩意儿，我还会慢慢补充的。因为我不打算马上就死，所以我选择了足够厚的你，我十分珍爱的、宝贵的奇迹笔记本。是伊莎让我产生了这个想法。她也出现在了清单里。

好好睡觉吧，我的小奇迹们！

路易

我没有想到会是这样。我合上笔记本，将其迅速放在路易的桌子上，仿佛它会烫伤我的手。我坐在对面的凳子上，继续远远地看着它。安东尼·格列兹曼[1]正咧嘴冲我微笑，让我定了定心。在读完第一页的标题后，我心想路易把这些穿着短裤跟在球后面跑的小伙子称为奇迹，可能有点包装的成分。我想在笔记本里面找找，看看有没有跟封面上差不多的足球运动员的照片。可是，我刚刚从儿子的床垫下挖掘出来的，是一本小小的梦想笔记本，上面还提到了一个我从未听说过的名字。这个伊莎是谁？我感觉不舒服，我是擅自闯进来的。我觉得仿佛进入了一个秘密花园，而且是冲破栅栏闯进来的。我立刻泛起抑制不住的想哭的欲望，但我知道母亲在外面，我不想看到她闯入路易的房间。我成功控制住了情绪。我关上门。

[1]　安东尼·格列兹曼（Antoine Griezmann，1991—），法国足球运动员。

我想一个人待着。

我心绪大乱。我该做什么？我只有一个愿望：阅读后面的内容。翻页，探索路易的内心世界，了解对他而言最宝贵的经历是什么。尤其是，尤其是要弄清楚这本奇迹笔记本里是否有我的一席之地，因为我从第一秒就开始羡慕这个伊莎了。儿子有没有把我列入他梦想中的未来？

我没有屈从于笔记本的召唤。我决定把它放回原处，静下心来想想应该采取何种行动。我跟母亲一起吃饭时保持着沉默。她注意到了，当然——她总能注意到一切。我害怕接下来的这天夜里她会去翻路易的房间，于是我假装在读一本从来没有把第 8 页翻过去的书，耐心地等着她打起呼噜，然后去找那本笔记本，把它拿到了我的房间。我花了几小时，翻来覆去地从各个角度琢磨这个问题，但也没有下定决心，然后我睡着了。我没有阅读笔记本的内容，只是快速浏览了一遍，想知道本子有没有写满。确实写满了，至少有好几页是写满的。

就在夜晚中间，我吓醒了。我做了一个奇怪的梦。我坐在路易身边，在家里的房间里。路易打着哈欠，要睡着了，但是我没有让他睡觉，我在给他读一本书，每当他要睡过去的时候都会提醒他注意。然后房间变成了医院的病房，这次路易是睡着的。我在给他读同一本书，但是他没有动，也没有反应。我合上书，模仿书里的场景，但是没有对他产生任何效果。我继续模仿，我变老了。在我60岁时，路易睁开眼睛，发出一声叫喊。我丢下书，注意到那不是一本小说，也不是一本故事集。是那本笔记本。我醒了，出了汗。

一粒小种子种下去，一个荒诞的想法在我的脑子里发了芽，一个句子反复盘旋着，如同一个执念："路易没有死，路易陷入了昏迷，但是路易还活着，塞尔玛，一切都还有可能，他还有将近一个月的时间可以醒过来，他会醒过来的。"医院员工反复说他可能完全没有意识。但是他们确定吗？不，他们不能肯定就是这样。因此他还是有可能听到我、感觉到我的。我得抓住这一点不放。

我要让儿子产生醒过来的愿望，把陷入昏迷的他正在错失的一切展示给他看，让他垂涎三尺，让他产生活下去的愿望。这是一个疯狂的计划，但可以实现。我确定。

主角？运动员：路易。教练：我。

奥林匹克项目？自由泳，游出昏迷。

胡萝卜[1]，动机？一切都记在笔记本里了。这本笔记本浓缩着未来。这本笔记本写满了路易梦想要经历的事情、快乐的承诺和

---

[1] 指促使路易醒来的正面刺激。在法语中，胡萝卜（la carotte）和棍棒（le bâton）分别代指正面刺激和负面刺激。

"酷酷的玩意儿"，这是他的原话。这本笔记本是对生活的承诺。

操作方式？我要出发去遇见儿子的梦想，替他经历，用声音和视频记录下来，与他分享。我会庄严地对待这个承诺，既不能往后退，也不能辜负它。我不知道有没有确定的顺序，但我不想让一切看上去都是预先安排好的，所以我需要慢慢探索这个计划。

预期结果？我儿子自言自语道："该死，我的娘亲竟会替我做这一切，这根本不可能。"然后他睁开眼睛。

我颤抖。我起床，望天。我是不是正在变疯？片刻之后，我遮住了压在我儿子头顶的乌云。但夜色依然深沉，找不到出口。路易可能永远也醒不过来了，我知道。我开始流泪，默默地，一动不动地。我的执念或许很荒谬，但是我没有办法狠下心来看着我的儿子离开，且未能让他实现他作为一个孩子的梦想。

我还剩下多长时间？现在只有不到一个月了。我已经失去了宝贵的几天，已经错失了与时间和生命赛跑的时机。

我翻过第一页，发现了等待我的是什么。

我要走出舒适区，我知道。我准备好了。

为了路易。当然也有一小部分是为了我。

8.

倒数第 25 天

/东京，很远[1] /

在度过了无眠的一夜之后，我收拾好行李，订了一张去东京的高价机票。只剩下商务舱了，但考虑到律师发来的与埃热莫尼谈判的最新进展，我连头等舱也付得起了……

我去跟路易告别，向他解释了我在脑海中酝酿的这个疯狂的计划。路易还是那样英俊，那样平静，那样安详，那样一动不动，可是这天上午发生了一些不寻常的事情。我对儿子了如指掌——自从他躺在医院的那张病床上，他脸上的一切我都毫不陌生。我可以描绘出他精致的鼻子、刚长出的头发、精致的眼皮，还有每次遵照医

---

[１]　出自法国记者、作家塔尼亚·德蒙泰涅（Tania de Montaigne，1971—）的同名作品。

嘱梳洗时我都会给他捋整齐的眉毛。在饱蘸激情地向他描述完接下来几周的安排后，我心里既紧张又兴奋。路易的右眼眼角处形成了一滴泪水，然后沿着太阳穴滑落下来。路易哭了，我确定。我感觉心怦怦直跳，喊了一声，惹得两位护士闻声闯入。我想与她们分享我的热切，请她们共同见证，我儿子的脸上刚刚出现了什么东西。可是时机已过，舒芙蕾已经瘪下去了。其中一个护士——我不喜欢的那个，我既记不住她的名字也记不住外貌（我每次都是临场了才发现我得想想这人是谁，然后才能认出她来）——很生硬地反驳道，这种事情时有发生，那不一定是一滴泪，也有可能是存留在依然湿润的眼皮上的一点水，因为刚洗漱完没多久，即便是分泌物，也压根说明不了什么。"您儿子的所有参数都很稳定，很抱歉，夫人。"我坐在那里，一动不动地看着路易，等待后续。哭吧，求求你了，我爱的人。让她们看看我没疯，让她们看看你在抗争。

我多么希望他能醒来。只要我的肺和他的肺里还有一克氧气在循环，我就决定抗争到底。在博格朗医生下通知后的第二天，我就做出了这个不可撤销的决定。实际上，自出事以来，这个决定就一直埋在我心里。但我应该是被自己的母亲动摇了，更是在可怕的日程安排面前动摇了，所以没有觉得显然应该这样做。我需要放弃自怨自艾和自我鞭笞，正视希望，并且绝不放弃。

1月24日周二这天，我一大早就赶到医院，跟索菲·达旺达成了一项协议。她一边虔诚地听我讲话，一边看着我，仿佛我是个外星人。然后她大笑起来，对我说这个想法棒极了，说是的当然，她会尽可能地帮助我。我拥抱了她，她有点吃惊，但还是接受了。她问我能不能把这件事告诉其他同事——尤其是告诉那个跟卡特琳·拉博德[1]长得一模一样的伙伴（这可不是凭空捏造的），我同意了，心想法国电视一台与法国电视台之间这样融洽，这对我的计划来说倒是个好兆头，因为它毕竟包括很大一部分视频和音频内容。我把路易的微型运动相机塞进了我的手袋里，打算在去东京的飞机上仔细研究下说明书。东京，很远，在12小时的飞行中我应该有时间成长为一个专业的摄影师。至少我当时是这么想的，几乎没有意识到我在摄影剪辑方面显然没有什么才能。

[1] 卡特琳·拉博德（Catherine Laborde，1951—），演员，法国电视一台（TF1）天气节目主持人。

~~

20 点 35 分，在距离飞机只有几米之遥时，我对即将采取的行动还心存犹豫。当然，我相信我刚刚交给自己的这项任务是有理有据的。当然，对于正在等着我的一切，对于展现在我面前的、身体和情绪双重意义上的旅行，我感到很兴奋。当然，我也知道母亲会陪伴我儿子。但在这几天里，我就不能碰触他，也不能拥抱他了，对我来说这似乎是个艰难的考验。一想到在我离开期间他的病情可能会恶化，我就异常焦虑。

母亲——这几天来她一直寸步不离地跟着我——应该完全感受到了我的狂热，但是我成功地向她隐瞒了我的发现和我的决定。这个监护人像影子一样跟着我，没有什么想法能比这个更可怕。

我等到最后一次登机提醒，确认我带着那本珍贵的小本子，打开手袋，抚摸着有塑料覆膜的封面——贴在上面的内马尔闪烁着光芒——才朝空姐走去。

深呼吸，尽情微笑，坐在 6A 座位上。我对座位的大小产生了幻觉，不明白这是什么构造，还可以躺下（这是我第一次坐商务舱旅行），还有温热的小餐巾、乘务人员友善的微笑、香槟酒——我可以屈从于它的诱惑而无须忍受母亲的指责，自从那天晚上收到博格朗医生的通知、她把我弄得筋疲力尽之后，她就一直让我生活在滴酒不沾的营养地狱中。

我感觉不错，刚刚好。我已经17天没有这样了。不，仔细想想，应该是很久没有这样了。

我举起酒杯。敬你的梦想，儿子。

Part

2

奇迹病房

9.

倒数第 24 天

/ *抛到窗外* /

"Arigatō gozaimasu! "

"Alligator... gauza-aïe-mass! "

这门语言如同地狱。即使右手里拿着袖珍版零基础日语指南，我也没能弄清楚如何发音。在飞机上，我试着花力气学一学必备词句，例如这句标志性的、在任何场合都会用到的"非常感谢"，但我睡着了。需要指出，夜间航班，正如其字面意义，是要在夜间飞行的。我应该想到这一点的，我制订了太多目标，可是在香槟和疲劳的驱使下，我行程中有一半时间都在睡觉。由于八小时的时差，我虽然按时醒来，但东京的太阳已经落山了。

在机场，所有标语都被翻译成了英语。我取回行李，又在自动取款机上取了几千日元，然后很容易就打到了一辆出租车。我把智能手机上的宾馆地址出示给司机看，他确认了，我们行驶了四十几分钟。这辆出租车已经让我感觉很不习惯了。我本以为我打的第一辆出租车是个例外，但很快就意识到惯例就是如此。司机戴着白手套，穿得像是要去参加婚礼，用一道类似玻璃隔板的透明隔墙与乘客隔开。他递给我一块用小塑料袋装着的湿毛巾。座位上铺着一块垫布——这款式我的祖母见了应该不会拒绝，有一点虚幻、媚俗和平庸，这帮我迅速换个环境。

我立刻想到了路易，想到了他对日本动漫的痴迷。他的梦想清单始于东京，完全符合逻辑。他曾经多次让我带他来这里，但我没有时间。要干的活儿太多，假期被最大限度地压缩了。这会儿，坐在这辆闻起来跟超市里一样香的东京出租车里，我决心以后带他来日本。真的。

我选了一家豪华宾馆，在网上快速搜索时发现，这家是必选中的必选。如果把索菲亚·科波拉[1]的《迷失东京》放在2017年拍，肯定会在这幢楼里拍，一位颇有影响力的博主这样告诉我。这个无可辩驳的理由吸引了我。我还没在这里过夜，但从第一秒开始，我

---

[1]　索菲亚·科波拉（Sofia Coppola，1971—），美国编剧、导演、制片人、演员，代表作品为《处女之死》《绝代艳后》。

就没有后悔过我的选择。宾馆坐落于一个安静的街区——虎门山，在一座可以俯瞰城市的大厦里面，位于第 40 层至第 60 层之间，可以从一个很棒的角度观赏东京塔，这座红光闪闪的塔是我们国家埃菲尔铁塔的复制品。大厅整洁，精美，有设计感，独出心裁，富丽堂皇。我开始兴奋得像一只跳蚤，心想我会超喜欢东京。

我的房间令人目瞪口呆。有一整面墙其实不是墙，而是一块从地面直通天花板的玻璃。我住在 47 层，有一种被城市淹没的感觉。无须与什么人面对面，有的只是令人惊叹的视野。我把房间里所有的灯都关上，这样就不会被反光弄得不舒服了。夜幕已经降临，城市的灯光闪烁在我脚下几十米的地方。我从来没有这样的体验。当然，我曾经登上巴黎的蒙帕纳斯大厦，但当时是跟几十位游客一起，被闪光灯和歇斯底里的尖叫包围着。而在这里，我独自一人，鸦雀无声，漆黑如墨。我紧贴着玻璃，睁大眼睛观察。

我想到了阿梅丽·诺冬[1]。在《诚惶诚恐》中，她把陷入东京的那种不可思议的感觉、把被光芒四射的虚空吸引的那种头晕目眩的感觉描写得那样生动。她谈到过抛到窗外。这种令人陶醉的将思绪抛到窗外的感觉，我经历过了，我感受到了这座陌生城市的

[1]　阿梅丽·诺冬（Amélie Nothomb，1967— ），比利时法语小说家，出生于日本，代表作品有《午后四点》《诚惶诚恐》《杀手保健》《闻所未闻》《爱情与破坏》等。

震颤。

我打开路易的相机，录了很长一段视频，尽量大声地描绘着。你需要看看这些，我爱的人。谢谢你把我带到了这里。

我待了多长时间？反正长到足以在路易写下的一个奇迹上打钩了：

"在一座摩天大楼的顶端欣赏东京的灯光。"

这个地方美得摄人心魄，所以最后我决定留在宾馆过夜。顶层被一座同样不可思议的游泳池占据，也都是玻璃窗，我可以自由自在地将思绪抛到窗外，双脚浸在水中，呷一杯热茶。有那么一瞬间，我感觉我的手指触碰到了人间天堂。只有那么一瞬间。

一瞬间之后，我到位于下面三层的餐厅吃了晚饭，那里的视野同样激动人心。自从几小时之前到达这里，我就反复地想，还是一个人待着舒服，我可以随心所欲地安排时间了。我不知道我是真的这么想，还是在试图说服自己。不管怎样，我坐在这座城市的最高处，身边只有一本《东京旅行指南》做伴，周围都是共进浪漫晚餐的情侣，我突然感觉很不自在。我扫视大厅，想看看是不是只有这一张单人桌。还有一张，在餐厅的另一头。面子保住了。从西装和身形来判断，显然是位男士。但隔着这么远，灯光又很柔和，我看不清楚。

我站起身，朝洗手间走去。日本马桶，与路易清单中的另一个体验有关，我已经在房间里打了钩。路易写道：

"按下日本马桶的所有按钮。"

说实话，我并不是很喜欢加热坐垫和喷在屁股上的小股水流。我一直都害怕有电子元件的马桶，不管是哪种。尽管我想到了出现故障的概率非常小，但是我总是怕什么地方出毛病，比如水流喷错方向，喷到我脸上——想想真可怕，或者弄湿我的衬衣。总之，我无疑更喜欢巴黎那种老式抽水马桶。

回到桌边，我又瞥了一眼我远远看到的那个孤零零的男人，惊呆了。那不是男人。我走上前，低声喊了一下，声音回荡在安静的空气中。

"妈妈？你在这里干什么？"

"你好，亲爱的。这地方真是引人遐思，不是吗？"

"你还没回答我的问题呢。真该死，妈妈，你在这里干什么？你怎么知道我在这里？"

"你低估我了，我的小暖猫。我有的是办法，你知道。你把计划透露给护士的时候，应该更谨慎一点的，还有，在设置邮箱密码时也应该更有创造力一些。不管怎样，宾馆选得很棒。"

我母亲是个怪胎，沉迷于新科技，她都60岁了，但比我还有天赋。这也是路易一直很喜欢她的原因之一。"有一个怪胎外祖母，这很高级。"他经常这样跟我念叨。至于我，我觉得是倒了霉。

"妈妈，你负担不起这样的宾馆和这样一趟旅行，你在耍什么花招？"

"我不得不说，坐经济舱飞12小时，把我的脖子累得酸死了……我羡慕你，你是做生意的！"

"你想说你跟我坐的同一班飞机？"

"当然了，我的小暖猫。我赶到机场柜台，在最后一刻捡了个漏。我跟你说过了，我会寸步不离地跟着你的，我也跟路易保证过了。但你说得对，我付不起这样的宾馆……幸运的是你邀请了我。"

"你说什么？"

"前台那个好心的服务生把我的行李搬到了你的房间里，给了我一把钥匙。别忘了我们是一个姓。我只提了一句，我稍微迟了一会儿，我女儿已经到了我们的房间里，递上护照，大功告成。这一切都是操着浓重的口音用英语讲出来的，你应该为我感到骄傲。不要担心，我占不了多少地方。"

就这样，我不得不跟母亲分享我的特大号双人床和梦幻的房间，还得忍受她的怪癖和震天响的鼾声。

/妈咪棒极了/

我超喜欢，我超喜欢，我超喜欢，我超喜欢，我超喜欢。

我一直难以相信，但我很喜欢妈妈的这个想法。

当她来跟我解释时，我应该对你们说，我产生了一系列很矛盾的感觉。她对我说，她不会评判笔记本上的内容，既然已经写了，那她就去照做。她想让我产生战胜自我的欲望，让我加入她，实现我所有的梦想。我如果不是这个样子，肯定会拒绝，这本笔记本是私人物品，可如今无论如何我都无法反抗，所以只能听着。总之，我心想她应该是非常爱我，才会这么做。能感知到她的感情，听到她这样跟我说话，我感觉不错。以前，她从来没有这样跟我说过话。与此同时，我也替她感到难过。我心想她应该会吃很多苦头。我明白，她戏剧性地摔上了埃热莫尼的大门，她会因此得到一个小金库，但我知道工作就是她的一切，所以我能想象到她坐在客厅里苦苦等待的样子，我很难过。很快我又想到了这个场景，外祖母对她说："振作起来，不能就这么自暴自弃，哭哭啼啼没完没了啊，他妈的！"（是的，外祖母奥黛特会用"他妈的""妈的""周周周周周周三"这些词，还有一大堆两个世纪前的表达法）……这时我又笑了起来，而且停不下来了，因为我开始想象妈妈体验我的梦想的样子……

我一点点回忆起我在笔记本里写下的东西，只要想想她在某些场景中的样子，我就笑弯了腰。当然是在心里笑，表面还是扑克脸。不过也没有那么扑克脸。我默默地放声大笑，根本停不下来，突然间，妈妈打断我疯狂的大笑，喊了一声。显然我流了一滴泪。对我来说，这事也很疯狂。护士说得对吗？是妈妈在做梦吗？还是说我内心的狂笑终于引起了明显的反应？我感觉一阵希望和喜悦的潮水向我涌来。这种感觉持续了一整天，而且从此再也没有消失过。

我听到妈妈把她这个想法的大概意思讲给了夏洛特听，那是她最喜欢的护士，妈妈总是叫她索菲·达旺。这么说是为了让大家能够想象出她的样子，至于我，我从来没听说过索菲·达旺这号人。夏洛特也发出一阵爆笑。妈妈给了夏洛特一部 iPad，这样就能把她在日本拍摄的视频发给我看了。她要从我写下的前几页内容开始经历磨难了，那是关于东京的。我之所以说是磨难，是因为我知道那是我的梦想，而到了妈妈这里就会变成兰塔岛[1]。这就是美妙之处。

我可以告诉你们，1月19日的幻灭，我意识到没有人来看我的第一天，已经成为历史了。现在我知道，妈妈就在身边，在抗争。我知道外祖母也在。此外我还要跟你们讲一讲整场戏最精彩的地方，这事笑得我腰都断成了两截。在妈妈走后几分钟，外祖母奥黛特来看我，她跟装得若无其事的夏洛特谈了话，但我能感觉到外祖母肯定是在耍花招。她假装对妈妈的计划了如指掌，可是我知道她毫不知情。外祖母是个机灵鬼，所以夏洛特很自然地说出了一切，外祖母自然也就得到了需要的信息。

夏洛特走出房间后，外祖母靠近我，在我耳边悄悄地说，她不能让妈妈冒这个险，不能让妈妈孤身一人去那样一个充满敌意又遥远的国家，她很抱歉要离开几天，但她相信我会理解的。当然这事绝对不能跟妈妈透露一字，只要远远地跟着就行了。你可以相信我，外祖母，我会像死人一样守口如瓶的。当然也只是这么说说，她听

---

[1]　兰塔岛（Koh Lanta），又称阁兰达岛，位于泰国南方的甲米府，浮潜和游泳圣地，拥有闻名遐迩的夕阳美景。

了这话会打死我的。如果我身体状况正常，我肯定会肚子疼的，因为我笑了整整一天。我真想变成一只小老鼠，去看看妈妈见到外祖母走下飞机会是什么表情。

我超喜欢我的妈妈，超喜欢我的外祖母，她们是最棒的。我不耐烦地等着她们的东京漫游记，这件事真让人发疯。

10.

倒数第 23 天

/ *关于我母亲的一切* /

因为时差和床伴发出的奇怪声响，我失眠了，思考了整整一夜。思考我的生活，思考我的母亲，思考我们。

不知自何时开始，我一直是塞尔玛，是所谓的反抗一切的战士，无论是主动出击，还是被动回应。母亲并不是因为 20 世纪 90 年代那部电影才给我取名塞尔玛的，我比它要老得多。我生于 1977 年，那一年塞尔玛·休斯敦[1]正凭借风靡全球的流行歌曲《不要这样离开我》在销售榜单上遥遥领先，母亲奥黛特是她的铁杆粉丝。当然，我们这代人听到我的名字时，都会想起那部电影，想起苏珊·萨

[1]　塞尔玛·休斯敦（Thelma Houston，1946—），美国歌手、演员。

兰登和吉娜·戴维斯[1]。当雷德利·斯科特的《末路狂花》被搬上银幕时，还是个少女的我深深迷醉于这部电影，被它征服。我把自己代入那个坚强、性感的女性谱写的故事，它成了我的绝对标杆，理想女性的范本。作为一个从来不相信上帝的人，我从中看到了某种命运的征兆：从此之后，这个名字将与一个比45转老式唱片更加有趣的符号联系在一起。我知道这部电影的结局并不是很好，但对我而言，它给我留下的印记是正面的。塞尔玛和露易斯是女性自主选择的象征，是绝不依靠男人、从不指望男人、独自摆脱困境的女性的象征。

在我怀孕时，在我决定把这个孩子留下并独自抚养其成人时，我希望能生下个女孩，给她取名为露易斯。可惜，露易斯是个男孩。事情就是这样，这样也不错。路易是我生命中唯一有分量的男性。

我母亲也是孤身一人把我养大的。奥黛特是1968年"五月风暴"的参与者，一直在为自由支配自己的身体和思想而斗争，这一点让我尤为敬佩。我怀着对缺席的父亲的美好回忆长大，他是在一次反对摧毁钢铁冶金业的游行中去世的。当时的我还不到一岁，这

[1]　苏珊·萨兰登（Susan Sarandon，1946— ）和吉娜·戴维斯（Geena Davis，1956— ）分别是电影中露易斯和塞尔玛的饰演者。

位不可碰触、不可替代的父亲，带走了我对家庭生活的所有期待。母亲一直记得她是工会会员，从我记事开始，她就一直在抗争。终其一生，她的大门从来没有向父亲以外的任何男人敞开。她用斗争，用在教育优先特区担任小学教师的琐屑日常埋葬她的痛苦。人人都能成功，亲爱的。我多么敬佩她！我想起了5月1日的那些游行，我起初是坐在她的肩头上，几年后变成了拉着横幅的一角，再后来就自己扛大旗了。我为她感到自豪，为自己感到自豪，为能够做点什么以怀念父亲而感到自豪。

然后我到了十几岁。我焦虑，羞耻，疯狂地渴望回归正轨，想跟所有人一样，在商标、名企、美国王子公主、因循守旧之美的权威面前俯首称臣。我受够了这一切：印着切·格瓦拉肖像的难看的高领毛衣，在自己家剪头发，磨到脱线的篮球鞋，对资本主义世界的拒绝，还有这种循规蹈矩的生活。因为这些，我接触不到初中里那群酷酷的女孩，还惹来了同龄男孩的嘲笑和轻视，他们脚踩耐克"飞人乔丹"系列运动鞋，身穿十分宽松的"白胡椒"牌高领毛衣和拉链一直拉到脚踝处的阿迪达斯运动裤，是那样诱人。

我无法理解母亲的这种全盘否定，我无法接受她不让我过上正常生活。于是我开始极度讨厌她，总是跟她的期望背道而驰。我痛恨她像铁丝一样瘦骨嶙峋的怪模样，在破旧的牛仔裤里飘飘荡荡的罗圈腿，用拇指和食指捏着香烟抽的样子，总是用一个渐变色夹子夹起来的灰白的头发，像牛仔一样的口哨声，冷峻的目光和冒犯的话语，还有对我的生活方式的不认可。我变成了她最厌恶的样子，为此我用尽了力气。在她眼里，我是一个不负责任的母亲，在职业成功的祭台上燃烧着最美好的年华，执迷于一家会毫不犹豫迁走的跨国公司的营业额，销售着最为肤浅的产品。

我们之间唯一的纽带，就是路易。路易想什么时候去看外祖母，我都会同意。向来如此。这是原则问题、根源问题。我们保留了每个月三人共进一次早午餐的习惯。我们本应该在1月7日那个绝妙的周六聚餐的。

在经历了漫长而激烈的一夜深思后，我最终决定接受我的命运。母亲就在这里，跟我在一起，距离巴黎一万公里。我开始逐字逐句地照着路易写在那本小小的奇迹笔记本上的内容来做。

关于在日本的经历，路易列了一个详细的清单，前面有标题作为概括：

跟我在世界上最喜欢的人
（目前是妈妈），
在东京共度让人"噉呦"一声叫的一天。

　　我得说"目前是妈妈"让我觉得很搞笑。我已经接受了这一点，但是有朝一日他会更加强烈地爱上别人，这个小小的想法刺伤了我破碎不堪的心——还有我固执的自尊。随后我想到我也一样，在他这个年纪的时候，我也绝不会想到我爱他会超过爱任何人，于是我咽下骄傲，不再去理会这个小小的括号。我最初认为我会独自一人在这个格子上打钩，因为我要"跟我在世界上最喜欢的人"，也就是路易，"在东京共度让人'噉呦'一声叫的一天"。仔细想想，这是曲解了游戏规则。路易规定，这些经历应该由两个人来完成，这是他想表达的意思。然而我要承认，除了路易，我没有什么真正爱的人……这很悲惨，但事实就是如此。在我可能爱的人的名单上，下一个是我的母亲，我不得不承认这一点。

这还是我自 14 岁以来第一次跟她一起躺在大床上，就在这时，我意识到这个"我爱的人的名单"空空如也。但我并不是不合群，我认识很多可以一起度过美好夜晚的熟人，可是我没有真正的朋友。爱情和友情的维系都需要花费力气，但在很久之前，我就已经决定不再努力。在路易的父亲发现他即将为人父之前，我离开了他，那时我就决定了。自出事以来，尝试联系我了解最新情况的人，我一只手就能数过来。我没有打电话通知他们。我在 Facebook 上有很多朋友，现实生活中也有很多公开的男性和女性伙伴，但是没有真正的朋友。我并不难过，这只是我的选择而已。我的首要任务很明确：把儿子抚养成人，在事业上取得成功。

我的姨妈奥黛尔没有孩子，这是她的一大遗憾。目前我仅有的家人，就是路易和母亲。我在床上坐起来。我们没有拉窗帘，城市的光明晃晃的，给房间蒙上了一层鬼魅的色彩。我观察着还在睡梦中的母亲。她看上去很平静，她的脸庞不像醒着的时候那样冷峻。我觉得她很美，这不是一种普普通通的美，瘦削，执拗。我支起脑袋，继续看着她。我心想无论怎样，路易肯定会觉得很幸福，因为我要跟他的外祖母共度这了不起的、让人"噗呦"一声叫的一天。

当她醒来，我向她这样提议时，我看到她钢蓝色的虹膜上闪过一道新的亮光。她没有预料到。她肯定觉得她得像秘密侦探一样跟着我，朝那些该死的日本人咆哮，大声咒骂我，可现在我向她提供了一种截然不同的角度。她只说了一句谢谢，然后低头掩饰情绪，最后抛出一句："那我们从哪里开始？"我回答道："我希望你心怀期待，因为我们有很多任务要完成。"她愉快地笑了，这笑声我已不再熟悉。

我们出门了，在那个尤为温和的东京冬日。

11.

倒数第 23 天—倒数第 22 天

／扮成女仆的母亲在卡拉 OK 店／

"安妮妮妮妮妮喜欢棒棒棒棒棒棒棒棒棒糖糖糖，茴香香香香香香香味的棒棒糖……"[1]

母亲打扮成淘气的女仆，嘶吼着这首她讨厌的歌，被一群欢乐的日本人围住，每唱完一句他们就高呼"干杯"。在我看来，这幅画面是超现实主义的，它将永远镌刻在我的视网膜上。

显然，我想到了要用虚拟胶片把这个神奇的时刻凝结为永恒。可是拍摄起来并不容易，因为我疯狂大笑，花枝乱颤，画面不稳。有那么一会儿，我们的一位夜猫子伙伴夺走了我的相机，他的朋友

---

[1] 出自法国女歌手弗朗斯·加尔（France Gall，1947—2018）的歌曲《棒棒糖》（Les Sucettes），是一首具有性暗示意味的歌曲。

们把另一个话筒递给了我，把我推到了位于灯火通明的不眠街区涩谷的这家卡拉 OK 店的小型舞台前。很少喝酒的母亲在接连灌下几杯梅酒——一种用梅子做的容易上瘾的酒——之后，向我吼道能跟我合唱她特别开心，她跟阿尔萨斯村庄啤酒节上的酒鬼一样搂住我的脖子。而当弗朗斯·加尔这首甜腻的性暗示歌曲唱完，接下来是一首群唱版《我多么爱你》[1]时，她震耳欲聋的尖叫声又吼出了新高度。这一夜我们发现，日本的卡拉 OK 店不仅是纵酒作乐、疯癫聚会之地，更是名副其实的国际唱片博物馆，20 世纪 60—90 年代的法国流行歌曲在其中占据一席之地。

这一天开始时要平静得多。我们逐字逐句地照着路易的计划行事，我故意陆陆续续地把步骤告诉母亲，惹得她心里痒痒的。对她来说，这一天充满了一连串的惊喜。这是她第一次离开欧洲、第三次离开法国，所以她就像一个急于探索后续的小顽童。她信任我，我既熟知计划，又精通英语——虽然日语不行。我感觉我们的角色正好互换了：我变成了母亲，陪着持老人卡的孩子出来旅游。

第一步是到池袋的精灵宝可梦中心，我们在那里买了 30 多张

---

[1]　法国摇滚巨星约翰尼·哈里戴（Johnny Hallyday，1943—2017）的歌曲 "Que je t'aime"。

"极度稀有"卡片[1]，还在神采奕奕的皮卡丘和它的小伙伴们的巨型雕像前摆拍。穿着角色扮演服装的奇怪生物跟我们打了招呼：有装扮成吉卜力工作室动画人物的少年、穿糖果粉色衣服的小学生模样的女孩、朋克萝莉，还有成群结队叽叽喳喳走动的超级英雄。我辨认出其中一个是水兵月，两个凯蒂猫，一个特特罗，还有宝可梦中的几个人物，我相信其中大部分路易都认识。

接下来，我们在神道教圣殿明治神宫的大花园里散了步。这片自然与历史的绿洲出现在闹市之中，环境的这种变化令人惊叹不已。在威严地接待着游客的古老米酒桶前，我们屈从于自拍的惯例，然后又把相机放在矮墙上拍了很久，捕捉到了这个地方独特的氛围。路易可以从容不迫地聆听到东京的大自然所独有的静默，城市的喧嚣成了它优雅的背景音乐。近在耳畔的是鸟的啁啾和叶子的簌簌声。我们就这样待了很久。

一场传统婚礼将在明治神宫举行。我完全不懂路易为什么想参加一场日本婚礼，他大概是在漫画中发现了什么东西，感受到了令人惊叹的美。队伍在前进。我冲新娘点了个头，询问能否拍摄，她微微一笑表示同意。她仿佛融入了明治神宫和此情此景的魔法，身

---

[1]　一般来说，游戏中的卡片可分为正常（N）、稀有（R）、超级稀有（SR）、超高级的超级稀有（SSR）、极度稀有（UR）等几个等级。

穿一件茧形衣服默然不动，这件衣服一尘不染，如蚕茧般纯洁。时间凝固在了鲜红的和服之中、铜制的屋顶之中、缓慢而协调的脚步之中、传统的凝重之中。我斜着身子对着相机，低声描绘着这个场景，维护着这一刻的庄严。这一幕值得一看，我爱的人。你要亲自来参加。谢谢你把我们带到了这里。

为了平复心情，我们当即决定挤进涩谷的沸腾之中。说到涩谷，所有人都知道，但又并不了解。就是这个引人遐思的步行街十字路口，被悬挂着发声又闪光的巨型屏幕的高楼大厦包围，堪称日本的时代广场。我读过关于这个谜一般的十字路口的资料，得知它同样彰显着日本人的纪律性：当行人这边的绿灯亮起，会有几百人同时穿过，有条不紊地相互避开。"想象一下如果把巴黎人扔到那里，该有多么混乱。"母亲用一贯微妙的口气指出。她不知道这话说得多么有道理。我有点害怕路易的计划，可是我需要逐字逐句地去经历一切，我们需要逐字逐句地去经历一切。

我们守候在步行街的一侧，身边有100多人，街对面还有100多人。尽管母亲反对，我还是把路易的相机放在了她的额头前，赏了她一句"要么拿下，要么放弃"，她听了这话哈哈大笑，低声埋怨道龙生龙，凤生凤，我不愧是她的女儿。我打开相机，把她皱巴巴的手叠放在我的手上。

"数到三，我们就闭眼。"

"我希望你是在开玩笑。你是想让我死吗，还是想怎样？"

"数到三，我们就闭眼，妈妈。"

"耶稣玛利亚约瑟，我对上帝做了什么啊……"

"妈妈，你从来不相信上帝！"

"现在大概是报应来了。"

我笑了，她也笑了。我说道："一、二、三，闭眼！"

行人这边的绿灯亮起，我们闭着眼，被人群裹挟着前进。每当有人与母亲擦肩而过，她都会发出惊恐的尖叫，我笑得更大声了。然后我应该是一只脚踢到了人行道，踉跄了一下，母亲抓住了我，我站直身子，我们睁开眼睛。我们已经来到道路另一侧。我们刚刚闭着眼睛，穿过了世界上最拥挤的十字路口，而且一次也没有摔倒。这些日本人守纪律又有礼貌，让人没法生气。我们对视一下，哈哈大笑。我觉得我们朝气蓬勃。

我们决定到一家俯瞰涩谷十字路口的咖啡馆好好休息一下，在那里久久地凝视（并拍摄）穿梭的行人，还听着音乐，我们辨认出了几首正在风靡的日本最新歌曲。夜幕即将降临，我们没有注意到时间的流逝。已经17点了，我们还有一项计划要去完成。

我们坐出租车前往日本夜生活圣地新宿区，我读了一些资料，知道在这里还是要当心一些。在歌舞伎町的中心，在这个游戏厅、色情酒吧、餐馆、爵士俱乐部和极道团伙（当地的黑手党）鱼龙混杂的躁动街区，最好不要随便跟什么人到处走。我们纵身一跃，闯入了喧嚣、人潮，以及写着不认识的字符、垂直悬挂的发光牌匾中。我们花了很大力气才找到路易那份特别详细的东京清单上提到的地址，来到了明星文身师友广智昭（艺名友友[1]）的等候室。为了在儿子古怪的梦想清单上的那一行字上打钩，我得请他在我身上文上一个洗不掉的文身。

墙上贴满了各国明星的照片，这一位身姿傲然，胯部文着一只鹰，那一位生殖器上方文着一张贪吃的嘴（还是上流阶层的人，但即使被严刑拷打，我也不会泄露这是哪位名人）……我开始思考得坐哪艘船才能上岸。母亲开始了恶趣味，玩起了采访的游戏，一边拍摄一边问我，马上就要在右脸颊上文个小鸡鸡了是什么感觉，"毕竟谁也不知道你日语说得到底怎样，万一说错了……"。哈哈，好搞笑。我决定保持低调，只在左手腕的凹陷处文了一个简单的大写字母 L。大部分时间里，这个字母都会被手表遮住。

友友给我文身时，我闭起了眼睛，最后我对结果非常满意。

[1]　友广智昭，按照原文 Tomohiro Tomoaki 音译而来；友友，按照原文 Tomo Tomo 音译而来。

痛感尚能接受，这个 L 并不显眼，具有鲜明的日本特色。我们站在标志牌旁边，毕恭毕敬地鞠了一个躬表示感谢——我想我永远也搞不清楚日本人复杂的问候规则，然后又回到了歌舞伎町的喧嚣之中。

在黄金街——一个小房子林立、掩映着一些只能挤下五六个人的小酒吧的奇特街区——喝了一杯梅酒之后，我们走进了一家居酒屋，也就是传统的餐馆。我们脱掉鞋子，紧贴地面坐下，跪在榻榻米上。经历这些奇遇后，我们都饿了。路易的清单上写着一道既刺激又吓人的命令：

"在一家居酒屋享用晚餐，要一份只有日语、没有照片的菜单，随机点五道菜……全部吃完！"

"我想我就免了吧，我的小暖猫。无论如何，要听从路易指示的人是你，不是我。"

"妈妈，你胆子大，既然你决定接受我的邀请，那就坚持到底吧！来嘛，先喝两杯梅酒提提神！"

母亲抬头望着天，微笑着，然后假装愤怒不已，字正腔圆地回答道："喝你的乌迈舒[1]吧……"

我们指着那些根本看不懂的字，找了一位对英语一窍不通的服务员点单。在我们选好之后，服务员提了一些问题，看上去很诡异的样子——一种内敛的、日式的诡异。当然，我们什么也听不懂，只能傻傻地点头，像两只不耐烦的母鸡一样咯咯地笑着。我感觉我就像等待比利时撒尿小童上菜的奥贝利克斯[2]，要不辞辛劳地完成儿子精心规划的众多工作中的一项。

用各种各样的鱼和软体动物做成的寿司很快就端上了桌：我们辨认出了鲑鱼、金枪鱼、鳗鱼、鱼子（可又是什么鱼的？），还有一种鱿鱼。我们没有辨认出的是一种肉为白色、味道微酸的鱼和一种黏糊糊的海鲜。然后上来一大碗汤面，我们弄清楚了这是乌冬面，配菜是虾饼、辨认不出来的各种蔬菜、炸豆腐和海藻。直到这时还一切顺利。接下来他给我们上了一份普通的米饭作为搭配，可是靠近一看，原来上面撒满了完整的小炸鱼，肉眼就能看出来。母亲表示抗议，但我们一边使劲扮鬼脸一边全部吃完了（或者说嚼完了，

[1] 乌迈舒，即 umeshu（梅酒）的音译。
[2] 奥贝利克斯（Obélix），法国著名漫画《阿斯泰利克斯历险记》（*Astérix le Gaulois*）中的人物。漫画讲述的是阿斯泰利克斯和他拥有神奇力量的朋友奥贝利克斯凭借智慧和勇气完成一个个艰巨任务，挫败恺撒阴谋、保卫村庄的故事。

因为这些小鱼脆脆的）。

致命的一击是主厨亲自给我们的，他来到我们桌前，左手握着一条活蹦乱跳的墨鱼，右手拿着一把大刀。我们停下傻乎乎的大笑，声如洪钟的主厨赏了我们一段最玄妙的长篇演讲，一边讲一边把小动物放在一块木板上。然后他静静地把小玩意儿切成碎块，把透明的小薄片放进我们的小碗。母亲移开了目光，我笑着解释道，既然她可以吃活牡蛎，那也可以试一试"几乎还活着的"墨鱼。然后主厨在我们面前站定，我们感谢了他，但他没有离开，显然他在等我们品尝。我们别无选择。我抓起相机，恰好捕捉到了母亲噘起的嘴，还有她把一段蠕动的墨鱼塞进嘴里时恶心的表情。

伴着一点清酒，我们吃了个底朝天，然后在一家烟雾缭绕的弹珠机店输掉了几千日元（合几十欧元）。这个地方类似赌场，挤得满满当当的，里面轰隆作响、闪闪发光的游戏机，分贝高到像要爆炸，成千上万缺乏激情的劳动者来到这里寻找刺激，在此埋葬他们苍白无趣的生活。在这场庸俗的新宿之旅的末尾，我们在机器人餐厅[1]品尝了一杯山葵啤酒，返回的路上遇上了酒吧里的歌舞表演，

---

[1]　机器人餐厅（Robot Restaurant），位于东京著名的繁华街区歌舞伎町，是东京代表性夜间娱乐场所，店内有机器人大战、机器人行进、性感美女表演等多项活动。

意醉神迷地观看了《超电子生化人》的片段，见到了身穿混凝纸[1]做的服装、滑稽模仿美国音乐戏剧的人，还欣赏了载歌载舞、高声尖叫的宝莱坞表演，这为我们的鼓膜敲起了丧钟。

返回涩谷，我们选择了这家集体卡拉OK店，一支独特而略带醉意的日本乐队在此驻唱，我们开启欧洲电视网歌唱大赛，还乔装打扮了一番，由此打响了我们的最后一场战役。

我是扶着母亲把她带回酒店的——她已经无法站直身子走路了，接待人员向我们投来一个微笑，我从中觉察到了一丝担忧。

"Everything's fine, don't worry. Good night.[2]"

已是凌晨4点。我把母亲放到床上，脱下她的鞋子，摘下她的女仆帽。我又一次将思绪抛到窗外，然后也躺下了。

在试图唤醒儿子的过程中，我睡得像小女孩一样安宁，蜷缩在母亲的臂弯里。

[1]　混凝纸，又叫制型纸，是一种加胶水或糨糊经过浆状处理的纸。经过一定工艺，可以做盘子或家具面板等。
[2]　一切都好，不用担心。晚安。

**跟我在世界上最喜欢的人
（目前是妈妈），
在东京共度让人"嗷呦"一声叫的一天。**

—— 在池袋的精灵宝可梦中心洗劫极度稀有卡片！！

—— 在明治神宫参加一场传统婚礼（穿和服，"全副武装"……）

—— 闭上眼睛，任由涩谷十字路口的人潮推着我前进

—— 请明星文身师友友为我文身（地址：东京都新宿区歌舞伎町1丁
目-12-2）

—— 在一家居酒屋享用晚餐，要一份只有日语、没有照片的菜单，随
机点五道菜……全部吃完！咪呀咪呀

—— 按下日本马桶的所有按钮

—— 在新宿机器人餐厅目瞪口呆

—— 在黄金街喝一杯

—— 在一家弹珠机店震碎鼓膜

—— 在涩谷区的一家卡拉OK店唱到声嘶力竭

—— 在一座摩天大楼的顶端欣赏东京的灯光

倒数第 21 天—倒数第 17 天

/ *敢* /

夏洛特给 405 取了个名字叫"奇迹病房",现在所有人都这样称呼它。自从妈妈腋下夹着音响设备突然到访,花了整整一个下午给我放映并讲述她和外祖母奥黛特在东京录制的一切,她就成了整个罗伯特·德勃雷医院的明星。

夏洛特对妈妈说她很想参加放映,为达成她的这一愿望,妈妈从夏洛特的休息日中选了一天。从现在开始她有名字了,妈妈不再叫她索菲·达旺。当然,夏洛特知道行程的内容,因为她给我放了平板电脑上的很多片段,但是她想听一听故事所有细节的"实况转播"。那一整个下午,其他的护士、助理护士和医疗秘书在他们的中途休息时间里进进出出,每一次都发出同样欢乐的笑声,表达着同样的感谢。最后,夏洛特对妈妈说"您为儿子所做的事真是了不起",我深表赞同。

整个下午我一直在哈哈大笑,我多么喜欢看这些啊!是看电影,也是看直播。我最喜欢的,是妈妈和外祖母在不经意间组成的这个喜剧组合，类似山寨版的劳莱与哈台[1]，夹杂着无价值的、老掉牙的笑话。我很喜欢这个，从临时到场的观众们的掌声来看，我并不是一个人。外祖母也参加了放映，我感觉她们俩之间发生了什么事。她们……怎么说呢？有了默契，我想。我从来没有料想过她们会这个样子。显然在放电影的是外祖母，因为妈妈一窍不通，而外祖母在计算机方面超级厉害，但我可以告诉你们，她没有指责任何事情。这简直不可思议。我想站起来大喊："快看啊，这是我的母亲和我的外祖母！伙伴们，她们投下了重磅炸弹！！！"

　　然后妈妈单独留下来陪我，她久久地拥抱着我，我想，她把我的奇迹笔记本翻到了下一页。她读了上面的内容，差点笑尿。一开始我感觉有点羞耻，因为上面的东西略显色情，但妈妈说，虽然她还不太清楚怎么做才能实现某些事，但她会去做的。这一天是1月29日周日，她给自己留出了两天时间，以童子军的名义发誓（她从来没当过童子军）。但考虑到我要让她去做那些事，如果我能给她一点征兆就好了。"我的小心心，我想你了，外祖母也想你了。快点醒来，我做的这一切都是为了你，都是为了向你展示生活有多么

---

[1]　劳莱与哈台（Laurel and Hardy）是由英国演员斯坦·劳莱（Stan Laurel）与美国演员奥列佛·哈台（Oliver Hardy）组成的双人组合，他们的喜剧电影在美国电影的早期古典好莱坞时期占有重要地位。

美好，活下去是多么值得。"说好了，我会尝试的，妈妈。你不知道我的愿望有多么强烈。

第二天晚上，妈妈跟我讲述了她的第一个奇遇。我得承认她让我惊呆了。我不相信她会做出这样的事，更糟糕的是她看上去很享受，因为做了我写在标题为"我敢！！！"的那一页上的蠢事而兴高采烈……那是一整套计划。

她是从清单中最简单的一项，也是从各方面看牵涉最少的一项开始的。内容是随机跳上一辆出租车，然后跟侦探电影里一样，装出极度惊慌的样子，吼道："跟上那辆车！"我一直觉得这句话太帅了，一直梦想着把它真正地说出口。于是，我妈妈就去做了，还做了三次，因为前两次均以惨败告终：不出五秒，她就被赶了下来。但是第三次尝试还不错。当时她产生了一个想法，在这句话前面加了个简短的"警察"，还自己打印了一份假证件，加了塑膜，如果司机要求不是特别高，或者在那种情景中感到紧张，又或者两者都有一点，可能就会信以为真。她像泼妇一样跳上一辆出租车，挥动着证件上的警徽，吼出那句话，完全进入了角色——用她自己的话说，连弗洛朗戏剧学院的专业人士见了她也要自求多福了。司机像龙卷风一样开动车子。很快他就开始提问，但她早有准备。他们要追谁？两个持枪抢银行的危险分子。为什么只有她一个人，警察都是两人同行的，这很奇怪，不是吗？她打入了持枪抢劫团伙内部，后援随后赶到。接下来的问题更具体了。她是哪个警察大队的？金融大队……反持枪抢劫的。他没听说过这个单位。正常，这是最近才成立的。能问问名字和职级吗？她没有时间反应，针锋相对地答道阿当斯贝格探长。司机是侦探小说爱好者，知道弗蕾德·瓦尔加斯[1]笔下的这个人物，于是猛刹住车，命令她下去，否则就报警，叫真正的警察来。她照做了。不过她还是拍了一张她拿着警徽坐在出租车里的照片，将这一刻凝结为永恒。如果我愿意费力睁开眼睛，我就会看到这个该死的画面。我感觉到最后这个句子有点指责之意，我将其归咎于疲倦。

　　2月1日周三，妈妈带着外祖母来看我，向我讲述她们的战绩。前一天，妈妈是带外祖母一起去的，以便"两次在格子上打钩并拍摄下来"。我没有马上明白两次打钩是什么意思，但当她开始在平板电脑上播放影片时，我就明白了，仿佛身临其境。她们仔细地口头阐述着正在发生的一切，说得很清楚，没有弦外之音……她们成

---

[1]　弗蕾德·瓦尔加斯（Fred Vargas，1957—），原名弗雷德里克·奥杜安 - 鲁佐（Frédérique Audoin-Rouzeau），法国历史学家、考古学家及作家，代表作品有《狼人》《急往迟返》等。阿当斯贝格探长（Commissaire Adamsberg）是在她的侦探小说中多次出现的一个人物。

了真正的口述影像专家。为了便于理解接下来的内容，在此说明这段对话发生在我的数学老师埃内斯特夫人和妈妈之间。外祖母在旁边举着相机。下面是我听到的片段节选：

"感谢您与我见面，并同意参加拍摄，埃内斯特夫人。您所做的事，对我们非常重要。"

"请不要客气。我知道了您儿子的情况，非常难过。希望他能醒过来。"

"您可以跟他说说话，我们会把录像播放给他看。"

"啊……好的。我的小路易，我希望你鼓起勇气。你很勇敢。最后一次测验你拿了满分20分，值得骄傲。"

我的补充：埃内斯特夫人的鼓励有点蹩脚，不是吗？有点像心情不好的尤达大师[1]。

"谢谢，埃内斯特夫人。我相信路易会很感动。可是……我需要您帮个忙。为了路易，也是为了世界上其他生病的孩子。希望您能接受。"

"如果能帮上您的忙，我会很高兴。"

"好的，那我跟您解释一下。请不要怪罪，事情有点微妙。您

---

[1]　尤达大师（maître Yoda），电影"星球大战"（*Star Wars*）系列中的人物。

看，社交网站上出了一种新的挑战，是很严肃的，叫作胸部挑战（boob challenge）……内容是摸各种人的胸部，从而为深度昏迷研究筹募资金。"

"我想，您在开玩笑吧？"

"绝对不是。我想，您应该知道名人袒露胸部，与癌症做斗争的活动……"

"是的，我想……"

"嗯，这是同样的道理。当然，面部会打马赛克，所有人都是匿名。我打算去摸每一个对路易有重要意义的人的胸部，以便贡献我的力量，为大厦增砖添瓦。我很希望能够摸您的胸部，埃内斯特夫人。"

我的补充：说出这一切时，妈妈话里带着哭腔。我的妈妈，她真了不起。

这场戏的结局异常精彩。在我最喜欢的数学专家断然拒绝她后，妈妈给埃内斯特夫人看了一段视频，视频里她摸了好几个人的胸部：自然有我的外祖母，还有我们最喜欢的护士夏洛特、我们的清洁女工弗朗索瓦丝。埃内斯特夫人最终同意了，妈妈向我描述了自己是怎样小心翼翼地把手放在她坚挺的胸部上，然后感谢了她并离开的。接下来妈妈教育了我，向我解释道这种事情是不该做的，她能理解初中生的胡思乱想，但未经许可就摸别人的胸与强奸无异。正因为如此，她必须求得这位善良的年轻女士的许可。不管怎么说，她没有把妈妈当作奸诈小人。妈妈好像生气了，但最后她说我对这位老师想入非非也情有可原，埃内斯特夫人确实非常漂亮，相信不久之后，很多女生会同意她摸她们的胸部的——要获得她们的许可。

　　接下来妈妈和外祖母溜进了初中的走廊，去找我讨厌的英语老师格罗斯皮龙夫人的班级。认出她之后，她们悄悄地钻了进去（得慢一点，她们都40岁往上了）。外祖母打开相机然后开灯，妈妈在不规则动词表前面脱光了衣服。她们笑疯了，走出教室时迎面撞上了校长。妈妈衣衫不整，她对我说："你应该看看他那拉着的脸……"然后为了脱身，妈妈打出了同情牌，说她是去取回儿子路易的作业本的。"您很清楚，法雷斯先生……"法雷斯先生心软了，表达了真诚的慰问。那些话谁听了都不会觉得好笑，妈妈对他说我还活着，气氛变得有些沉重。接下来妈妈没有再开玩笑，她对我说，现在我要坚强起来，她一直都相信这一点，她爱我超过一切，她那么想念我。

　　我认不出妈妈了。她还是她，当然。但是更放得开，更欢乐，更放松，更有趣了。也更真诚，更会表达了。

　　她变成了更好的妈妈。

我敢！！！

—— 摸埃内斯特夫人的胸部！

—— 跳上一辆出租车，吼道："跟上那辆车！"

—— 在格罗斯皮龙夫人的课上脱光衣服！！！

12.

倒数第 17 天

/ 永远的夏洛特[1] /

我一边不停地强颜欢笑，一边给路易讲述了他的母亲和外祖母在保罗·艾吕雅初中的荒淫战绩，然后走出病房，感觉筋疲力尽。

在四楼的走廊上，我需要坐一坐，就坐一会儿。这天上午我意识到一个细节，这一整天里它一直萦绕在我的脑海中。2017 年 1 月，路易几乎什么也没有看到。这个月他是在 405 度过的，病房的装饰开始让我觉得恶心。

我受够了那扇窗户，透过它只能看到凄惨的混凝土建筑耸立在灰蒙蒙的街道上。我受够了绿色的亚麻油毡地面、贴着红嘴鸥贴纸

[1]　出自塞尔日·甘斯布（Serge Gainsbourg, 1928—1991）导演的 1986 年的同名电影。

的墙、奇奇怪怪的宇宙飞船，还有些娇弱的花，是用来缓和直往我嗓子里钻的乙醚味的。我受够了这里矫揉造作的诗意，受够了我给这个地方带来的毫不自然的生活乐趣、与哭喊形成苦涩对比的笑脸照片，还有时不时从走廊另一头传来的呻吟。我受够了所有的管子，它们把我与真实，与这里唯一的美——我儿子的美——隔绝开来。我受够了想象到春天，路易就再也醒不过来了。

所有的想法都让我无法忍受。大部分时间里，我与它们保持距离，但距离 2 月 18 日——也就是博格朗医生下通知后的一个月——越近，我就越发感觉到恐惧正在侵入我的五脏六腑。现在，路易该醒过来了。再往后，就太晚了。他不在身边时令人窒息的寒气，会慢慢把我折磨死。春天将会是我的身体所能承受的极限，我的情绪濒于崩溃。

我沉浸在思绪中，坐在医院令人难受的椅子上，坐姿让人一看就知道我陷入了绝望。我用掌心支撑着脑袋，手指在头皮上慢慢地来回挪动。为了避免沉沦于春日，我给自己按摩着。这一天是 2 月初，我儿子能醒过来的日子只剩下 17 天了，我得坚持住。

我没有听到夏洛特走过来，当她温柔地打断我对季节的思考时，我吓了一跳。

"一切都好吗？"

"您吓到我了……是的，谢谢夏洛特，一切都好。一时情绪低落，没什么的。"

"我下班了，您需要我送您回家吗？我想您应该住在圣马丁运河附近，我正好顺路。"

"谢谢，您真好心，但我不想打扰您。我想走回去，新鲜空气对我有好处。"

"如果您想要新鲜空气，您跟我走就能呼吸到，我骑的小摩托车。走吧，我带您走，不要让我求您。"

我没有说好，但还是跟着她走了。

我意识到在几天之前，我对这个女孩产生了某种好感。跟她在医院的一些同事不同，她对路易总是特别关注、特别尊重。其他人走到我儿子面前会毫不犹豫地继续着私人的谈话，只当他不存在或者是透明人，但夏洛特会跟他说话。其他人跟他说话会把他当成弱智，会用甜腻的嗓音和过于简单的词汇，但夏洛特会描述她正在做的一切，详细地、正常地描述。

夏洛特完成了艰难的工作，她总是微笑着。她满头的金发、透亮的皮肤中有着某种炽热的东西。她蔚蓝的眼珠中有着阳光的气息——一种敏锐的、会感染人的、近乎激烈的生活乐趣。这个身高1.55米的女孩，她的沉着、冷静和善良令人震惊。她勇敢，从来不在病人或家属面前抱怨。我开始以某种方式欣赏她。不管怎样，我都尊重她这个人、她举手投足的表现、她做的事。可是她应该也有自己的麻烦：需要解决的漏水问题，需要填补的透支，好不了的感冒，没有再打来电话的情人，发动不起来的两轮车。

我突然想了解她，我不知道为什么。不，我知道。因为她好像爱着我的儿子。爱或许是个有点强烈的字眼，随着岁月的流逝，她渐渐有了坚强的铠甲，让她在面对陈列眼前的人类一切苦难时不会崩溃，可是面对这个少年，面对他疯疯癫癫的母亲和外祖母，她并非无动于衷。

她有什么故事？她是如何决定干这一行的？她住在哪里？她多大了？她有孩子吗？结婚了吗？她养狗、养猫、养仓鼠吗？

当我们到达我家门前时，我突然开启了一段对话：

"您不想上来坐坐吗？"

"您真好心，但我不想……不管怎么说我也不能……"

"您知道，我之所以提议，是因为我想这么做。但说清楚了，我可不是在勾引您！"

我笑着加上了最后这句澄清的话，因为我看到她犹豫了一下，立刻明白了这个提议——再加上我这种表达方式——可能显得有些暧昧。她也笑了，回答道她没有想到这层言外之意，但她确实不行。

停顿了一会儿后，她最终补充道："实不相瞒，今天晚上我在家里组织了一个小型生日庆祝会——我前天过生日，如果您想来，欢迎您。"

"谢谢您的提议，夏洛特，这让我很感动，真的。但是不要觉得您必须邀请我，不要把工作带到家里，您在医院里已经做得够多了，没有必要把病人忧郁的母亲扛在肩膀上……不管怎么说，生日快乐！"

"谢谢……您知道，我之所以提议，是因为我想这么做。但说清楚了，我可不是在勾引您！"

我们又笑了。夏洛特坚持邀请我，她确信这样能让我想想别的东西，但她住的地方不过两步之遥。她知道我跟她一样，都住在圣马丁运河周围，跟十万多巴黎人一样，但她没有想到我们几乎可以算是邻居。她把地址给了我，实际上那个地方跟我家之间只隔着三条街。如果我觉得无聊或者状态不佳，随时可以过去，那是一个简简单单的朋友间的小型聚会，是那种随便吃吃、不需要桌子的自助餐，大家可以随时来随时走。然后她补充道："您就来吧，这对您有好处，我也会高兴的！"说这些话时她眼睛亮晶晶的，那是她的标志性特征。

我同意了。她说了句类似"太棒了，那晚8点左右见"的话，然后我看着她骑上小摩托，轻盈的身影渐渐远去。

　　该死，我为什么要答应？我跟那么多陌生人有什么好说的？刚回到家，我看着卧室镜子里的自己，感到一阵惊慌袭来。这将是自路易出事以来我第一次外出。我稍微提了提裤子，开始清点屋子里的衣服。我马上把一切都收拾好，然后惊恐地注意到我的腿更像楚巴卡[1]的，不像世界小姐的，且染发后的发根已经露出来了。如果在埃热莫尼，人们要往我身上扔石子了——至少也要扔西红柿了。

　　几点了？ 16 点 15。我还有 3 小时 45 分钟的时间来弥补，让我看上去像那么回事。我开始感谢掌管美容院的神，其神殿就在巴黎，不在什么偏僻的小村子里，那里 18 点以后就都关门了……我还有时间把我的体毛弄得不那么吓人，买一束花感谢夏洛特，去下理发店，用在柜子上落了一个月灰的粉底遮盖一下皱纹。

　　我抓起外套，急匆匆地出门了。临走前，我给母亲留了一张便利贴，她看了准会大吃一惊。我写得很低调，但心里兴奋不已："晚餐什么也不用准备，我出门了。"

[1]　楚巴卡（Chewbacca），电影"星球大战"系列中的猿人。

13.

倒数第 17 天

/ 脏兮兮的旧酒吧 /

一个简简单单的小型晚会，随意一些，夏洛特是这么说的。开什么玩笑，公寓明明特别小，还挤满了人。

我觉得自己仿佛来到了埃热莫尼的圣诞晚会，在这种晚会上，我总觉得所有参加者都像饿了三个月一样……作为一个很有教养的人，在五分钟之后我能吃到的通常就只有三个火腿吐司了。嗯，在夏洛特家里，想走到餐柜那里，随便喝点什么饮料，还得像疯狗一样去抢。

夏洛特满脸微笑地迎接了我，邀请我进门，感谢了我的花，赏了我一句"哇，您太美了"，我听了很开心。我选择了一身简单但效果不错的装扮：修身牛仔裤、半透的白衬衣、胭脂红细跟高跟鞋。我也夸了她。夏洛特让人为之倾倒。当然我早就认识她，但她的晚装打扮，跟我平时见到的总穿着白大褂和卡骆驰鞋、化着淡妆的样子一点都不一样。她踩着坡跟鞋，双腿拉长了足足 10 厘米，穿着黑裙翩然旋转，用她的热情感染着每一位客人。由于当时有 50 多人，我很快计算出那天晚上夏洛特招呼我的时间会非常少。

我在那里待了将近 20 分钟，但还没有跟任何人说过话。我是客人里年纪最大的。夏洛特应该比我小 10 岁，这一点在医院里表现得还不明显，但现在在随意的环境中，就很明显了。该死，我在这里干什么？随着时间一分钟一分钟过去，我越来越有距离感。我跟这群单身、无忧无虑、嬉笑、喝酒、抽烟的年轻人不一样。我羡慕他们，我想模仿他们，以此掩人耳目。我一向能游刃有余地在吧台或咖啡机旁边跟人谈话，如今却失去了对不感兴趣的人假装感兴趣的能力，失去了当一个不怎么熟的人讲述起他在尼泊尔的假期、发表着荒谬的言论时，对他点点头或者回答"啊，太棒了……哦，这样更好……啊，跟我说说，棒极了……"的能力。这几周以来，我的社交神经已经麻痹了。我还没有意识到这一点，因为自从摔上埃热莫尼的大门，我还没遇到过这样的场景。我正准备离开，却听到一个男人在对我说话。

"真是不可思议，这些孩子为了一点酒，什么事都做得出来。我可以帮您拿点什么，小姐？不过我得能钻进去……"

他的嗓音温暖、嘶哑而低沉，很有男人味。我回过头，一句回答脱口而出，准能让这个像教科书一样搭讪异性的男子打消热情：

"不了，谢……"

戛然而止。这个家伙英俊，有魅力，让我意想不到。40多岁，可能更老一点——这没关系，总之比晚会上的一般人要老很多。高大，从右边看侧脸有古典美，透过线条流畅的灰色长袖T恤，可以看到肌肉的轮廓。留着细细的胡须，中长的黑色鬈发梳在耳后，但很容易看出发绺并不怎么听话。肯定是个拉丁人，粗犷又不失精细。瞳孔颜色很深，接近黑色。尽管面带微笑，目光却近乎冷峻。他对着我微笑，等待我回答。我一动未动，面部表情可能有点傻傻的，这时一个手拿啤酒的女孩撞到了我。碰撞。啤酒洒在了地上。我绝望地试图抓住旁边的人。失败。滑了一跤，啤酒打湿了我的白衬衣。丢脸。

年轻女孩连声道歉，她一直在喊我夫人——毫无疑问是在羞辱我。旁边英俊的陌生人喊的是小姐，我还觉得得到了安慰。妈的，我的衬衣。就差一件被啤酒打湿的白衬衣来给我救场了……我对女孩说没关系——真的，您放心，旁边的白马王子伸出手，把我扶了起来。他的手腕结实而有力，与略显粗犷的外在形象完全契合，手指却异乎寻常地长，对比鲜明，让我感到诧异。双手是男人身上我最先注意的地方之一——当然要排在眼睛和屁股之后。至于他臀部如何我尚且不知，但眼睛和双手没有让人失望。

"抱歉，是我不好……如果我没有让您分心……"

"别担心，没事的，而且我很喜欢身上有啤酒味。"

该死的塞尔玛，这个笑话真是糟糕透了，你想不到更好的了？

"真巧啊，我也很喜欢您身上的啤酒味。"

这家伙挺幽默。

他乘胜追击："我们接着刚才的话说，可以吗？请允许我给您拿一杯酒，我答应过您的……"

这个长得像动作片男主角一样、说话也像个机智演员的家伙是哪儿来的？不管怎么说，我都没法不为所动。必须承认，我感觉当场就被这个陌生人吸引住了，这种吸引力几乎是兽性的，无从解释，令人困惑。该死的信息素[1]。

我想接过杯子，但突然停住了。我想到了路易。我已经有20分钟没有想到路易了。我在干什么？忘记我的儿子？我有什么权利在一个美男子面前，炫耀自己被酒打湿的胸部？罪恶的深渊张开血盆大口，把我吸了进去，为我在儿子昏迷时产生了荒淫的想法而惩罚我。我的衬衣开始散发出脏兮兮的旧酒吧的味道。我感到一阵悲

---

[1] 信息素，又称弗洛蒙（phéromone），人体分泌的一种与性有关的激素。

凉。我得离开，马上。

"不了，谢谢，真的。我得走了。不管怎么说，我这样也不像样子。"

"我向您保证，您丝毫不会不像样子。我坚持。请允许我把这一杯给您，您喝完了再走。"

"抱歉。晚安。"

我抓起外套，走了出去，甚至没跟夏洛特告别，她正在阳台上跟一个年轻男子谈话，一根接一根地抽着烟。她没看到我不凑巧被啤酒洒了一身。这也好，至少在她眼里我也算保住了面子。

我是多么愚蠢才接受了邀请啊！我没有准备好，在来之前我就该意识到这一点的。但是我多么愿意相信我的生活能够回归正轨，我多么希望能够重新变得正常起来。我错了。

我回家只需五分钟，但我得在外面走一走，走很久。我不能那么早就回去，妈妈会连珠炮似的问我一堆问题。一想到我要出门，她就显得比我还兴奋，给我放了洗澡水，变着花样叫我"我的小暖猫"，还不忘提醒我，我有多么棒，我有权利继续生活，我有权利幸福。我几乎要被她说服了，但片刻之后我意识到我最关心的，也是唯一关心的，我爱的人，我的负担，我的痛苦，我的欢乐，我的希望，我的生命都系于路易一身。

　　我一个人在路上，沿着儿子喜欢的圣马丁运河闲逛。当我意识到我偶尔会想起过去的他时，泪水涌上了眼睛。就在眼泪夺眶而出的时候，我忍住了。儿子那么喜欢这条圣马丁运河。路易没有死，塞尔玛，路易会活下来的。

　　2月初的天气很好，我把外套打开，晾一晾衬衣，身上散发着很难闻的气味。快到凌晨4点时，我身上脏兮兮的旧酒吧味，变成了夜总会的味道。

　　我又想起了晚上的那位绅士。到最后，我对他一无所知，但依然能感觉到他的手在我手上留下的印记。我咬着下嘴唇，惩罚自己产生了这些不合时宜的想法。

　　我坐在长椅上，仔细观察着圣马丁运河的水面，心想溺水而亡会是怎样一种感受，会痛苦吗？会慢慢死去吗？能忍受住吗？说到底，死亡似乎很简单。为什么在内心深处，人们会觉得要不惜一切代价活下去？为什么这种该死的直觉，这道不要放弃的命令会如此真实？放弃明明要容易得多。我本可以使劲往下探腰，以至失去平衡，落入这条满是污泥的运河，没有人会知道我这样做是对是错。但我不会放弃，我知道。我正在承受炼狱之苦，注定只能活下去。

　　我开始绝望而贪婪地呼吸着夜间的空气，仿佛吸的是医院病房中压缩罐里的氧气。

14.

倒数第 16 天

/ 一，二…… /

夏洛特在家举行晚会的第二天，我母亲不停地问我问题，她很快就意识到我是在支支吾吾地搪塞她。我本来很想试试能不能编一些假话，但我想起来，母亲和我一样认识这位护士，所以她会毫不费力地得知我很早就离开了那里。还不如赶在她前面，跟她含糊其词地解释下。我很快就走了，是因为我感觉不太舒服，可能是中午吃的东西没消化，也可能是累了。我出去透透气，在巴黎的街上走一走。"是的，当然，一切都好，妈妈。"她没有上当——她从来都不会上当，但没有再纠缠我。她悄悄对我说路易的小笔记本对我有好处，对我们大家都有好处。或许我可以继续往下做了，这样我也能想想别的东西。

　　她说得有道理。我只剩下 16 天了，路易还是没有任何苏醒的迹象。脑电图依然毫无变化、令人绝望，依然那样混乱无序。我询问有没有可能错过了他醒来的时刻，错过了他脑子里的真实活动。他们回答说在昏迷过程中一切都可能发生，但是随着时间流逝，焦虑会增加。

　　在打开儿子的笔记本前，我紧紧地抱着它、闻着它。上面还有路易的痕迹，但转瞬就要消逝。在医院里，路易闻起来只有洗漱时给他涂的东西的味道。我儿子的这些片段还能留存多久？时间会让味道变淡，让画面模糊。我需要看着他的照片，这样他的眼睛和微笑才不会被忘记，它们才会保持鲜活，才不会在太快衰退的记忆深处变得黯然无光。

　　我抚摸着路易的奇迹笔记本的封面。我翻到了摸数学老师的胸部这一页，忍不住莞尔一笑。然后我闭上眼睛，往后翻。我只睁开一只眼，担心接下来会发生什么，把这份倏忽而过、微不足道的快乐拉长。写着黑字的页面在减少，路易想活着，路易想慢慢把本子写满，但路易没有足够的时间。读这一页时，我先是在心里呼喊"噢，别这样！！！"，然后脸上浮现出一个意味深长的紧张的微笑。实际上，我已经预想到了笔记本上会出现跟足球有关的东西，我甚至诧异于路易最喜欢的这项运动没有出现在前几页。首先封面上全是踢足球的画面，这种视觉上的提醒已经让我做好了心理准备。尽管已经预料到，但判决还是很可怕，这一页上的圆体字母——排开，不停地嘲笑着我。我把母亲叫来，把路易的笔记本递给她。她大笑起来，赏了我一句："在这一点上他倒没有让你失望！"

我欣喜而怀疑地看着这一页，这个场景像在犯侵犯足球罪：

足球足球足球 ☺ ☺ ☺

——跟埃德加参加集训，是的！！！（还有伊莎……）

这个叫埃德加的人是谁？毫无疑问，是他的足球教练。我模模糊糊地想起我曾在路易口中听过这个名字……但当别人谈到这项运动时，我从来不会仔细听。此外，这个名字已经是第二次出现的神秘的伊莎，为什么又会被卷入这样一件苦差事？

诧异过后，我开始思考怎样才能想办法逃避这个梦想。我并非要去违背诺言，我会照着路易写的去做……但我总可以尝试着对所写的内容做出选择性的解释。不管怎么说，路易谈到了集训，但没有指明具体内容。或许我可以找到一个叫埃德加的人，还有一个叫伊莎的人，请他们集中性地玩几天跟足球有关的电子游戏，这样既能完成考验，又能暖暖和和地待在家里？

我得承认我一直都讨厌足球。我始终不明白，我如此厌恶的东西，是经过了怎样无法理解的基因遗传，到我的后代这里竟然变成了爱好。我记得路易的父亲也没有特别喜欢这项运动。不，这是这个孩子自己培养的东西，或许是受到了国际大牌的影响，那些人不惜挥金如土，把词汇量有限的乡巴佬打造成名震寰宇的明星，把一项极为平庸的运动变成傲视群雄的学科。当然，不能把所有人一棍子打死，运动员也不都是彻头彻尾的傻瓜，但话说回来，我们这个社会，怎么能让这种事情变成常态：我们向足球运动员支付的工资，比支付给护士、老师和研究员这些有着真实的生活、从事有用职业的人的高出一万倍之多？这一点我想不明白。

说到我的情况，这不是足球的问题。只要是运动，我都不喜欢。在小学二年级到初中三年级，我学过一点跳舞，但也不怎么勤奋，例如我会想方设法避免遭受年末聚会之苦。在初中和高中，我是那种想尽一切理由逃掉体育课的人：肚子疼、例假来了、头疼没完没了、脚腕扭伤了……

可是如果路易有意识，他怎么能接受我恬不知耻地逃避这个说到底很容易就能实现的梦想？

"你是认真的吗，妈妈？你这么做，还想让我产生醒过来的愿望吗？宁愿编造谎言，也不愿意花点力气去关心我的爱好？不管怎么说，你从来都不关心……"

"但是我讨厌足球，这一点你很清楚……"

"我不值得你花费一点体力，是这样吗？要是你知道我多么希望自己能站在你的位置上，那就好了！"

"要是你知道我多么希望你能站在我的位置上，那就好了。如果能让我们互换一下位置，我愿意付出一切代价，我爱的人……"

在这一番犹豫和内心对白之后，我得承认事实。我不能后退。我决心去找这位男士——埃德加。现在是 2 月 2 日周四，两天后学校开始放假，或许那时候他会组织训练？会有面向大龄足球初学者的训练吗？我深表怀疑……得让这个教练同意我参加一期面向青少年的培训。我会被当成疯子的，不过我已经开始习惯了。

我在路易用的公文文件夹里搜寻，找到了食堂发票、医疗证书和各种各样的报名表。他报过吉他课（三个月之后就放弃了），报过乒乓球培训（我清楚地告诉他，他不会喜欢这个的，但他什么也不想知道，后来发现他确实讨厌），报足球、足球、足球，报了六年。在前几年里，在6月一个倒霉的日子里，我得早上5点钟起床去排队，准备报名。娱乐中心的员工9点钟才到，但是我从黎明时分就要开始等，周围都是为了确保让自己的孩子能报到最喜欢的活动，已经做好了一切准备的家长们，要是谁敢越过他们在脑海中画出来的表明自己在别人前面的线，他们就会投去怀疑的目光。现在，我终于摆脱了这项苦役：路易已经长大了，我派他一个人去苦守——不过也不算一个人……有两个踢足球的小伙伴，还有其中一个的妈妈陪着。他站在那里久久地等着，自己报名。自9月返校之后，他都是一个人去训练，自己回来，我成功地逃开了陪他去参加任何联赛或比赛的要求。这项逃避策略的成功让我感到非常骄傲，我甚至在埃热莫尼的咖啡机旁吹嘘了一番，笑着宣称自己是个不称职的母亲。我当时真心觉得，这等同于宣传我是一个"既担任母亲职务又经营着职业生涯"的人。

我感觉心里很痛苦，意识到我与路易的这项爱好保持着距离，意识到我一直用开玩笑的口气躲躲闪闪，这样对他来说有多么不公平。家长的赞同和目光是那么重要。很多个月以来，我还从未同意从我宝贵的时间里拿出一分钟给足球。足球也不会遭受什么损失，我当时想。足球不会遭受什么损失，这一点我确定，可是路易呢？对儿子的爱好全盘否定，这不也正是我十几岁时会让我愤怒的事吗？我怎么能如此自然地重复我母亲的行为？路易似乎也在将就……当然，他不这么做又能如何呢？我表现出一点兴趣又能花费多少力气呢？在台阶上站几小时，鼓鼓掌，说几句鼓励的话，眼睛里流露出笑意，让他看在眼里。这些事情，我都放在了一边，想到这里我难过起来。

我越来越无法忍受我对自己的新发现，无法忍受我过去的行为。我想彻底改变我的生活，彻底改变一切，让一切都变得不一样，变得更好。在前一天，我跟母亲就这个话题谈了很久。或者说，母亲跟我吐露了这么一大段她埋在心里的独白：

"你不能看到洗澡水脏了，就连小孩一起倒掉。"她给了我重重一击，"你不是一个完美的母亲，不是一个完美的女人，不是一个完美的女儿，这一点我可以向你保证……但是当你遇到事情的时候，你会尽力做到最好。每个人都会尽力摆脱困境，没有完美的母亲和猪狗不如的母亲之分，我的小暖猫。我见过你和路易在一起，成千上万次。在他眼里，你就是完美的母亲，因为你是他的母亲。永远都不要怀疑这一点。如果说路易变成了今天的样子——我这么说并非因为他是我的外孙，而是客观地说，他的确是一个聪明、细腻、善良、可爱的男孩子……嗯，他变成了今天的样子，这都要感谢你。这个孩子，是你把他养大的，他值得你骄傲。不，什么也别说，我看到你在摇头，你要说出一句比你自己还蠢的蠢话了。你可以为你自己感到骄傲。至于我，我就为我自己感到骄傲。"

我母亲就是有这样的天赋，能在我需要时滔滔不绝地谈论人生，成功地让我落泪。一位母亲，也应该是这样的。

我拿起电话，打给活动中心。"是的，假期里有很多培训。不过，没有一项是面向成人的。至于面向儿童和青少年的培训，您可以直接联系埃德加，他的训练安排在周三下午和周五晚上。"

"谢谢您，夫人，那我去找埃德加报名，就这么说定了。"

15.

倒数第 15 天—倒数第 10 天

/ *埃德加* /

"去吧，把球放下，可以去喝点水了……安静点！"

该死，我正在跟跟跄跄地往前走。我的肺前所未有地燃烧起来，身上所有的肌肉都让我痛苦不堪，我甚至发现了一些以前不知道的肌肉。踢足球的时候，为什么肋骨和肱二头肌之间的地方会疼呢？我能想象到往前冲的时候会出现酸痛，但是没有想到疼痛会从头蔓延到脚。我正在为过去 25 年以来的缺乏运动付出代价。如果我没有向路易承诺，我早就在如酷刑一般的训练过程中放弃了。我们已经训练到第三天了，还剩一天。我差一点就要用小棍子在树上刻字了，如同一个数着自己还有几小时就可以重获自由的犯人。

埃德加走上前，询问我是否一切都好。我本可以冷淡地回答

"当然，我一生之中从未像现在这样处于巅峰，我一直幻想着能跟一群浑身散发着汗味、连青春期都没到的毛孩子躺在泥地里……"，但是我忍住了。我一边整理头发一边表示赞同："是的是的，一切都好，只是有点累。"对一个肌肉和呼吸系统正在融化成水的人来说，这个表达已经很委婉了。

如果说在整个经历中有什么正面的事的话，那就是我跟埃德加的相遇。这个家伙不可思议。我寻找着他的缺点，但什么也没找到。我感觉到奇怪又新鲜。我一天到晚都在咒骂他，骂他的训练，还有他自然流露出来的权威，跟我囚禁在一起的最叛逆的孩子见了他都要闭嘴，他们不过十几岁；但与此同时我又欣赏他。我欣赏他的朴实、他的可靠、他近乎动物般的力量，还有我感觉到他有点精神失常。

当我周五晚上心如死灰地来到训练场地咨询，看看如果有训练就报名参加时，我不得不在活动中心运动场地旁边的一个小房间里等着，一边抿着一杯太甜的咖啡，一边仔细琢磨着我的策略。在打了两通电话之后，我终于拿到了一份"二月假期"特别宣传册，在上面找到了两期连续的足球训练，每期四天，一期面向8—12岁的人，另一期面向13—16岁的人。

我打算跟埃德加开诚布公，向他仔仔细细地解释我的计划。我预感到了他可能会有顾虑。我带来了路易的住院证明，以便证明我是好意，避免他怀疑我是个有恋童癖的食肉动物。我准备好了面对一切反应，如果有必要，也准备好了贿赂他。

我等着这个赫赫有名的埃德加，想象他跟我初四的体育老师迪克罗先生差不多，大家给他取了个绰号叫"小忍者"，因为他既矮小、大腹便便，但又敏捷得惊人。迪克罗先生可以把自己变成一个蹦蹦跳跳、精力充沛的圆球，给我们做令人惊叹的体操演示，可是只看他的样子，没有人愿意花一分钱赌他能教体育。

我沉浸在回忆中，目光一片茫然，这时我看到在夏洛特家小型晚会上遇到的那个陌生男子走进了大厅。我的鼻孔颤抖着，想起在沿着圣马丁运河游荡的那几小时里，身上已经晾干了的啤酒一直挥散不去的味道。我既不想沉浸在那个夜晚的痛苦而失败的感觉中，也不想讲什么甜言蜜语，尽管这位绅士依然那样迷人。我移开了目光，使劲端详着激动人心的培训宣传册。

"您好，我们认识，对不对？您是……我们在我妹妹的生日会上见过。"

"您好……我……对，我想起来了……您好——抱歉我已经说过了……您是夏洛特的哥哥？我不知道她有个比她大的哥哥……总之我想说……"

"……想说我比她大？说我在那个年轻人的晚会上是个老古董？我不怪您，我也是这么觉得的，今天晚上能见到您真是惊喜……总之我想说……"

"……说我比晚会参加者的平均年龄要大？我也是个老古董？我也这么觉得，我想我们扯平了。"

真蠢啊……都没法把三个词正确地连成一句话，长篇大论里还夹杂着白痴一样的嬉笑……所以两天之前，我是在漂亮的夏洛特的这个哥哥面前出丑的。她是一头金发，而他是棕发，我没想到他们之间有血缘关系。我再次尝试逃跑，但他没有给我机会。

"很高兴再次见到您，那天晚上您那么着急离开，我们都没有时间认识一下。"

"抱歉……我叫塞尔玛。"

我向他伸出手，他多握了几秒，超出了正常所需的时间。

"我知道您是谁。晚会之后我跟妹妹描绘了您的样子，她跟我……解释了您的情况。我为您的儿子感到难过，塞尔玛，真的。尤其是因为我很爱他。"

"您说什么？您很爱谁？"

"您的儿子，路易。当我妹妹向我讲述时……我意识到……我和妹妹很少谈论工作。她在重症监护室的工作很辛苦，所以我们见面时什么都谈，就是不谈她在医院的日常，总之她从来不跟我谈论她的病人，我也从来不跟她谈论我的孩子们……不过，严格来说不是我的孩子，而是我训练的孩子。世界如此之小，巴黎如同村庄，我妹妹这会儿正在护理的病人，恰好是我的一个学生，也就是您的儿子路易。我叫埃德加。幸会，塞尔玛。"

哦，我的上帝。哦，我的上帝。哦，我的上帝。哦，我的上帝。（我儿子会这么说。）我在他面前出丑的这个家伙，既是夏洛特的哥哥，又是路易的足球教练。他将这两个人的特点集于一身，我压根没有想到，尤其因为他既不像索菲·达旺，又不像小忍者。

我们坐了一会儿，我平静地向他解释了我出现在这里的原因。我的故事感动了他，显然。他回答说他同意我参加训练，但我有点生气，因为他指出最好把我跟8—12岁的孩子放在一起。13—16岁的孩子很恐怖，我可能会遭到沉重打击，这不是我想要的结果。此外，他也很清楚我情况紧急，年龄小的孩子的培训开始得更早一些，确切地说是周日开始。他补充道，考虑到各种情况，我可以只训练一两天，但我坚持四天都练完。因为路易会这么做，所以我也应该这么做。我只需要在接下来的考验中加快节奏就好了——希望不要再有新的长时间的训练。埃德加对我微微一笑，他听到我脱口说出了"考验"这个词。他给了我他的电话号码，也要了我的，这样如果训练临时取消就可以通知我——算是正式通知。

第二天早上，我跟路易解释了我要做的事。夏洛特偷偷告诉我，他哥哥是个铁面无私的教练，我最好提前稍微活动一下，否则就要受苦了。我理所当然地忽略了她的建议。周六下午我按照自己的方式做了身体上的准备，也就是准备了一套不会把我变成难看的冰爪包的衣服，看了两场足球赛来了解足球的信息……这让我确认了我对这项运动提不起兴趣（中场休息时我都在打瞌睡），而且也不懂规则。

$\approx$

训练的第一天，我吸引了很多注意力。11 个超级兴奋的孩子盯着我，想到我要跟他们一起训练就笑弯了腰。埃德加没有告诉他们我是路易的母亲，因为大部分人都认识路易，他不想让这件事干扰训练。他也不想跟家长们解释为什么我会在这里，否则他们也会要求参加训练……因此埃德加介绍说我是一位正在做足球报道的记者。正因为如此，我一直戴着头盔，头盔上有一个小摄像头正对着我的脸，记录着我的感受。所有人都要正常地对待我，既要尊重我——别忘了我是成年人，又要把我当成跟大家一样的学生。没有优待，所有人都要遵守同样的纪律、进行同样的练习，没有例外。一瞬间过后，我就看到他的眼底燃起体育老师的火焰，让我隐约想起小忍者迪克罗先生，冒出的火星是给开小差的人看的——我便是其中之一，告知他绝不会容忍他们。我向他投去心领神会的微笑，在我看来，这微笑意味着"我们都理解对方的意思，我不会跟这些孩子做得一模一样的，我可以行使撤退权"……可是他没有回应我的微笑：他是认真的。我意识到我遇到麻烦了。

我身边有九个男孩和两个女孩。我立刻想到她们中的一个会不会就是路易在那本珍贵的笔记本中提到的伊莎，但这两个小女孩分别叫多拉和飒拉，一个是动画片的女主角，另一个是服装品牌[1]，所以也无须留意，虽然她们两个长得漂亮又笑眯眯的。男孩子的名字复杂又奇怪，只有他们父母那辈人才想得出来，他们喜欢在后代刚出生的前几小时里，尽情发挥创造力。所以围在我身边的是迈尔斯、埃斯特班、让-拉奇德、阿蒂斯、莱昂纳多、阿马多、加博尔、阿利（名字里有个 y）和米卢。

埃德加把我们分成了四个小组，我们穿上荧光黄衬衫，每个小组的人走向各自的位置。跟我在一起的是米卢和让-拉奇德——其

---

[1]　多拉（Dora），又译朵拉，美国动画片《爱探险的朵拉》（*Dora the Explorer*）女主角的名字；飒拉（Zara），西班牙服装品牌。

他人就直接叫他拉奇德。能跟我分到一起，他们似乎特别骄傲，米卢有时候还会叫我老师。拉奇德听了扑哧一笑，反驳道我不是老师，这一点能看出来。我问他为什么会这样想，他回答道我看起来好像不是很喜欢孩子。我关掉摄像机，想让他解释一下，但是埃德加看到了我们，命令第一组开始。我很快就明白了拉奇德的意思，在他们看来，我是那样冷淡又傲慢。从一大早开始，比起眼下的事情，我似乎更加关心摄像机。我又恢复了镇定，对拉奇德微笑着说接下来走着瞧，我会用丰富的足球经验让他吃吃苦头。他笑了笑，拍了拍我的手，说加油。

　　为了这句加油，我们确实在加油。该死，我们加了三天油，这些孩子简直不知疲倦。为了避开某些小组，我尝试了各种手段。我妄图使出经典大招：脚踝扭了。埃德加让孩子们投票，问我是否真的扭了脚踝，他们全都投了否。我妄图假装要接一个重要电话，米卢做证说没有人给我打电话。我妄图用很多糖果来贿赂一个孩子，这个招数奏效了：多拉愿意假装不舒服。我向埃德加提议照顾她，他别无选择，只好接受。

　　我跟这个小多拉度过了美妙的两小时，我们玩了"我想到了某个人""敢还是不敢""真心话大冒险"，她给我讲了些她那个年龄的笑话——多拉刚满 12 岁，我笑了，好像一个世纪都没笑过一样。在这个散发着脏袜子味的潮湿的更衣室里大笑时，我感到一阵恶心泛上来，一开始隐隐约约的，然后越来越强烈，让我透不过气来。

这个小女孩活力四射，阳光而充满魔力，这与我的封闭和孤独形成了令人痛苦的对比。我的内心最深处回荡着空荡荡的回音。多拉的笑声犹如递到我眼前的一面镜子，我在镜中看到的只有黑洞。很久之前我就缺席了我自己的生活，远在路易出事之前。

我试着重新关注多拉，关注她的玩笑、她金色的鬈发、她妙趣横生的想法，可是我做不到。一扇大门刚刚打开，我没有办法拦住猛然从里面涌出来的无数画面。我意识到了跟一个孩子情投意合的时刻是多么宝贵，我没有拿出足够的时间跟路易一起享受这样的时刻，我该有多么自私啊，只关心自己，被工作绊住了手脚，以至于忽略了关键的东西。泪水静静地涌了上来。从什么时候开始，我不再拿出短短的、微不足道的两小时跟儿子面对面交谈？我的眼泪里混杂着羞愧，把想说的话都冲走了。我感觉要被这份重量压垮了。沉重的话语，真实到恐怖的话语：你是个坏母亲，塞尔玛，你本可以做得更多，你本可以做得更好。

我试着用眼里进了沙子这种怯懦的借口来掩饰情绪，但令我大吃一惊的是多拉把我抱进了怀里。我心想我不仅羞愧难当，还出了丑。可是，在这个漂亮的小女孩纤弱的怀抱里，我心里的某些东西退缩了。她开始跟我说话，安慰着我，就像大人在深夜里安抚一个孩子。世界仿佛已然颠倒。

　　然后她说了一些即将改变我们人生轨迹的话——当时的她和我尚不知情。

16.

倒数第 15 天—倒数第 10 天

/ 多拉 /

"爸爸跟我解释了一切。我也是，我也很爱路易。正因为如此，爸爸才让我跟您来了衣帽间。您知道，他刚才没有相信您，如果我不舒服，他会知道的，因为我一不舒服就会大惊小怪的。我不是个好演员，我讨厌别人跟我撒谎。爸爸也是。可是我相信您需要哭出来，不能憋在心里，需要发泄出来。爸爸总是对我说：'伊莎，亲爱的，把感情流露出来，哪怕看上去蠢蠢的，也总比把说不清楚的东西憋在心里好。'我觉得他说得有道理，而且不是因为他是我爸爸我才这样说的。啊，还有，我讨厌吃糖。我知道，这很奇怪，所有人都喜欢糖。您得相信我跟大家不一样。"

我坐直身子，擦了擦眼泪。这段成熟到令人难以置信的长篇大论，给了我重重一击。小女孩刚才短短的几句话，透露出大量信息，我的大脑一时难以处理：

1. 她谈到了埃德加，叫他爸爸。

2. 她认识路易。

3. 她谈到了自己，叫自己伊莎。

4. 她不喜欢糖果。

（画去这条没有用的批注。）

复述一遍，她是埃德加的女儿。她的话一清二楚。他们之间的血缘关系也不明显，不过现在我知道他们的关系了，仔细看的话，还是可以看出她和夏洛特之间有相似之处。在这个金发家庭里，埃德加显得很不一样。我心想这个孩子的母亲该是什么样子，然后感到一阵莫名的难过。我想她应该很美，一头金发，跟我的一头棕发一样。我一直对金发女郎怀恨在心。她们身上有一些属于渴求和肉欲的东西。金发女郎是可以触碰的幻觉。男人这么觉得，女人也这么觉得。棕发女郎是现实，是可以融入风景的挂毯，除非发色慢慢变黑，否则不会引起关注。棕发女郎是两者之间的过渡，只有真正品味才能领略她们的风情。我有时也想染成金发，但一直没有实现，心里想的都是大道理，还有思想的枷锁。或许到现在，我可以试一试。

另一个无意间透露出的关键信息：她显然就是路易提到的伊莎。自那本珍贵的笔记本的第一页起，她就揪住了我的心。我长长地舒了一口气，同时又觉得无比尴尬。舒了一口气是因为终于知道这几周以来，我想象了成千上万次的形象是什么样子了，但更重要的是因为能把它跟一张孩子的面孔联系在一起了。这个伊莎本可能是一个成人，一个路易信任又重视的成人。这样我会嫉妒死的。路易是我的孩子，我无法忍受另一个女人把儿子的注意力偷走。我感谢上天——上天，只感谢上天，在我的想象中不存在任何神灵——这个伊莎是个孩子，连青春期都没到，无关痛痒。只要不是另外一个女人，谁都行。所以我长舒了一口气，但又觉得很尴尬，因为我就这样在她面前丢尽了脸，把性格中最不光辉的侧面一点点流露了出来：我爱撒谎、爱发牢骚、爱当逃兵、偷懒、爱哭。不过，我至少没有掩饰自己的缺点。

就在这时候，埃德加和大队剩余人马闯入了更衣室的密闭空间，里面的音量和气味都增高了一个度。一些人有节奏地喊道"我们赢了"，模仿着他们在运动场上的偶像获胜时的样子，另一些喘着粗气，表情像发现注定要在激烈的总统竞选投票中落败的人一样。埃德加笑着抚摸着那些倒霉的孩子的头，他知道如何安慰他们。显然，这是他熟悉的专长。我站起身，朝成人衣帽间走去。在走之前，我想感谢伊莎。

"谢谢，伊莎……还是多拉？我到底该怎么称呼你？我承认我都糊涂了……"

"两个都行，我的女队长。我叫伊莎多拉，跟舞蹈家伊莎多拉·邓肯[1]一样。妈妈以前也跳舞。爸爸……爸爸叫我伊莎，其他人要么叫我多拉，要么叫我伊莎，所以您想怎么叫都可以。"

我拿起运动包，慢慢往体育场外面走，利用这个时间消化所有的信息。

我筋疲力尽。

就在我跨出围栏时，埃德加抓住了我，不松开。就是字面意思的抓住。他邀请我去他那里，去他们家吃晚饭。我出于礼貌推辞了一下，但很快就接受了。

我进入了他们的世界。我想这样做。

~~

埃德加和伊莎多拉跟夏洛特合租。合租是他们主动选择的，

---

[1] 伊莎多拉·邓肯（Isadora Duncan，1877—1927），美国舞蹈家，现代舞的创始人。

在一起其乐融融。公寓就是我第一次遇到埃德加的那一幢，但少了
50 个人的感觉就是不一样。尽管面积不大，但每个人都有自己的
房间，有自己的私密空间。

"这对我们大家都很重要，对初中女生尤其重要。"埃德加一
边开玩笑，一边狡黠地朝女儿眨了个眼。

夏洛特在医院值班，所以这天晚上只有我们三个人。伊莎多拉
把我带进了她的小窝。瞥到足球运动员的海报后，我两腿发软。我
得靠着墙，才不至于倒下去。这个房间跟路易的那么像，简直让人
心慌。现在我明白了他们之间的纽带——他们共同的爱好。他们都
被这些印在有光纸上的获胜动作吸引。这些冠军兴高采烈，流露出
志得意满、深深迷醉的表情。转瞬即逝的幸福从内心掠过，这样的
时刻充满了魅力。我没敢问伊莎，她和路易是什么关系。她递给我
一条丝巾，上面有一个我不认识的运动员的签名。她没有恶意地嘲
笑了我，心想怎么会有人连兹拉坦·伊布拉西莫维奇[1]都不认识，
我回答说这很简单，你知道……然后我把这块神圣的丝巾还给了她。
她脸色变得庄重起来，像供奉祭品一般把它放回我的手上，让我等
路易一醒来就交给他。他会醒过来的，她相信。我把她紧紧地抱在

[1]　兹拉坦·伊布拉西莫维奇（Zlatan Ibrahimovic，1981—)，瑞典职业足球运动员，
司职前锋，现效力于洛杉矶银河足球俱乐部。

怀里，哭了起来。她挣脱出来，勉强挤出一个微笑，对我说"别啊，又开始了，唉"……世界又一次颠倒了。我感谢了她。我想路易收到这份礼物会很开心的。她也这么觉得。

我们席地而坐，吃了比萨。埃德加播放了简·坎皮恩的电影《钢琴别恋》的原版录音带作为背景音乐。第一串音符刚刚响起，我就听出来了。他选得棒极了，这是我最喜欢的电影之一，音乐也同样令人震撼。埃德加的形象在我的脑海中变得清晰起来。埃德加是一个轻而易举便赢得了一大群青少年尊重的男人，一个对女儿极为关注的男人，一个跟女儿建立了默契、跟她互相尊重又爱逗弄她的男人，一个可以早上跳进污泥、晚上在迈克尔·尼曼[1]扣人心弦的音乐面前感动的男人，一个爱笑、有着忧郁的黑眼睛的男人，一个应该会让女性趋之若鹜，但似乎又不知道自己在吸引着她们的男人——这一周里，我见过在足球训练结束后来接孩子的妈妈们如何向他献媚……埃德加应接不暇。我感觉他身上同时涌动着喜悦和痛苦。伊莎多拉谈起过她妈妈过去的事情。他是谁？他经历了什么？我越来越困惑。我的内心在沸腾。我想了解更多。

过了几分钟后，"您"变成了"你"，我开始放开手脚，放松

---

[1]　迈克尔·尼曼（Michael Nyman，1944—），英国作曲家，因电影配乐而走红，《钢琴别恋》中的配乐即出自他之手。

下来。路易依然停留在我大脑的角落里，一直都在，我看到什么都会想到他。我迈出了重要的一步，允许自己跟其他人一起吃晚饭了。我心想这些人出现在了儿子珍贵的笔记本上，他们对他来说很重要，所以路易默许了这次会面，路易本人带领我认识了伊莎多拉和埃德加。留在这里，在某种意义上也就意味着我回到了儿子的世界。我意识到在这个过程中我获得了很多乐趣。

快到晚上 10 点时，伊莎宣布她睡觉的时间到了——这让我震惊不已，每天晚上为了让路易"屈尊"走向卧室，我都得抗争一番。她吻了我们，埃德加一直把她送到床边。

我一个人在客厅待了一小会儿。这里与我自己的客厅形成了鲜明的对比。在我家里，一切都是设计好的，平淡无奇，毫无特色。而在这间客厅里，混乱也成了装饰的一部分。一些杂志凌乱地摆在地上，还有一些游戏。实木餐柜上摆满了落着灰尘的小玩意儿，但没有人会去怪罪住在这里的人。客人们只需看一眼就会明白，他们要处理的事比灰尘重要得多，他们要生活下去。这里的一切都是那样生机勃勃。

我站起身，把我的个人物品收好。

"再次感谢，埃德加，真的很好吃。"

"这肯定是假话。成批制作的比萨，只是厨子没那么可怕罢了……不过你也是好心。你都站起来了，你要开始说道别的话了，这可不行。你不能再一次逃避我。"

"我没有逃避你，埃德加。我不知道你有没有注意，这几天以来我一整天都跟你在一起呢。"

"这也是假话。你花了好几小时在衣帽间里闲聊……开个玩笑。你明白我的意思……"

他犹豫了一下，深呼吸。

"我想让你留下来。"

他走上前，轻轻地把我的外套和包放在沙发上。他的手擦到了我的手，或者不只是擦了一下？我感觉一阵战栗流过全身。

我留下来了。

埃德加给了我一杯药草茶，我反驳道我又不是个老奶奶，我更希望他能再开一瓶葡萄酒。在这一夜里，在酒精和"为了不吵醒伊莎"而窃窃私语的双重作用下，埃德加开始畅所欲言。我没有要求他这样做。是他要讲的，自然，又自在。我多次表示，他没有必要向我讲述。他回答说他想讲，他需要讲。

我知道了他们的故事——悲伤得让人落泪、让人感动。他们本人有多么阳光，他们的故事就有多么暗沉。

Part
3

王子和公主

L A   C H A M B R E   D E S   M E R V E I L L E S

17.

倒数第 15 天—倒数第 10 天

/ 埃德加 /

几年之前，伊莎多拉的妈妈还在。埃德加和马德莱娜自孩提时代便认识。他们疯狂地相爱。

~~~

20 世纪 80 年代。埃德加的父亲是银行职员，母亲是舞蹈老师。母亲在马赛的天堂路经营一家小学校。这不是凭空捏造出来的。舞蹈是她的整个生命，正因为如此，她参照著名印象派画家埃德加·德加，给儿子取了这个名字，还用他绘制的美妙舞女来装饰学校的墙面。马德莱娜是她的一个学生，最好的学生，也是最漂亮的。马德莱娜幻想着星辰，幻想着莫斯科大剧院和巴黎歌剧院。在上完一天的课或者足球训练结束后，埃德加会到舞蹈学校去找母亲，天天如此。他会心不在焉地写完作业，然后在大厅的角落里观察、绘画。他的母亲对他的才华不无骄傲。"我的埃德加有一天也会成为著名艺术家。"她经常念叨。

　　埃德加画舞女。随着时光流逝，他的铅笔渐渐地只停留在其中一位舞女的线条上。埃德加画马德莱娜，马德莱娜并不知情。14岁的时候，埃德加终于决定迈出第一步。他把一幅肖像画献给了马德莱娜，把她精妙的动作和迎风展翅的完美舞姿定格为永恒。她感动到落泪。马德莱娜和埃德加从此形影不离。

　　马德莱娜喜欢埃德加的画。她督促他坚持下去，把画作展览出来。当埃德加在马赛美术学院学习时，马德莱娜便参加试演，跌倒，爬起来，再次跌倒。几年之后，跟很多舞女一样，她选择了安稳，在家里开的舞蹈学校里教课。马德莱娜很幸福，她的生活是围绕与埃德加的恋情组建起来的。他开始有了名气，每一幅作品都能卖几千欧元。他卖出去的作品不多，但马德莱娜的收入保证了这个由艺术家组成的家庭有着稳定的收入。

　　12年前，伊莎多拉降生了。幸福一直持续到伊莎多拉上小学一年级。然后他们的世界坍塌了。

9月的一个上午，埃德加的父母登上了飞往哈瓦那的MX484号航班。结婚40年这样的事值得铭记。家人和朋友凑钱，让这对依然年轻的爱侣再享受一次蜜月之旅。古巴一直是他们的一个梦。"退休，意味着新生活即将开始。"埃德加的母亲在动人的学校告别演讲上开玩笑地说道，几周之前她把管理权交给了马德莱娜。

飞机永远未能抵达古巴。大西洋没有交出任何东西。一切假设都考虑到了：人为失误、发动机故障、恐怖袭击……黑匣子一个也没找到。对在航班上丧生的337人的家属来说，也无法进行悼念。但还是会悼念。

埃德加试图用绘画排解悲伤。他觉得这些画作都是重复性的，令人悲痛。火焰已经熄灭。马德莱娜独自一人负担着家庭的开销。他们尽其所能，保护着伊莎多拉。马德莱娜在舞蹈工作室花的时间越来越多，觉得那个人把她的一切——她的爱好、她的学校、她的儿子——都交给了自己，自己有责任把她的记忆延续下去。马德莱娜似乎已经筋疲力尽，她节奏那么快，这也很正常。

2011年12月20日——埃德加一辈子都不会忘记这个日子——快到18点时，伊莎多拉还在洗澡，这时埃德加接到一通电话。蒂莫医院。马德莱娜在跳舞过程中感到不舒服。消防员来到现场，把她带到医院做了一些额外的检查。肯定是累坏了，别人是这么跟他说的。埃德加迅速地把伊莎多拉身上的水擦干，开着他那辆破旧的灰色克力奥[1]，驶过福赛城[2]拥堵的街道。他的理智告诉他一切都会好起来的，命令他慢下来，平复一下焦躁不安的心情，但是他内心的声音完全相反。他的心脏一直怦怦地撞击着胸口，发出沉闷的声响。他的心总是能走在理智前面。

诊断像一把断头的铡刀般落下来，难以理解却又清清楚楚。埃德加咒骂自己的心懂得太多。肝内胆管癌。罕见，恐怖，来势凶猛。"已经转移，治愈的希望约为 5%，我们很抱歉，先生。"

三个月里，马德莱娜在抗争。马德莱娜不放弃。三个月，如此漫长。三个月，又如此短暂。在去世前的几小时里，马德莱娜还在跟女儿开玩笑。她最后一刻想到的还是女儿。"她永远都不该看到我哭。我留给她的应该是一个抗争的女性形象。如果从小时候就开始教女性抗争，那么她们就能学会抗争。我会教她的，直至耗尽最后一丝气息。"

---

[1]　克力奥（Clio），雷诺的一款两厢式小型轿车。
[2]　马赛别称。

~~

　　埃德加在讲述过程中停顿了一下。我虔诚地听着，没有打断他。将脆弱的感情线铺展在我眼前时，埃德加表现得既被往事牵绊，又不失庄重，与人保持着令人心安的距离。尽可能远离深渊，防止身陷其中。丝毫无损尊严。

　　可我这边就很可怜了。眼泪弄脏了脸，吸鼻涕声刺溜响，还用了太多的手帕纸。埃德加又给了我一盒新的。我问他为什么要向我讲述这一切。他回答说有必要这样做，如果我不知道他的这些事，就无法了解他。这是他的一部分，永远都是。我差一点就要提醒他，他以为我想详细了解他，未免有些自大，但我忍住了。那样很不礼貌，而且也完全不对，因为，没错，我的确想了解他。

　　我深吸了一口气，又喝了一杯葡萄酒。他也是。我蜷缩在沙发上，盖着伊莎多拉和夏洛特一起缝制的一条拼接方格毛毯，默不作声。他直率地微笑了一下，继续往下讲——这个家伙真是不可思议，并向我指出，接下来的故事就不会那么难过了。

∼∼

　　那一年，夏洛特完成了护士学业。在那之前的几年间，她住在巴黎市中心一幢很小的公寓里。夏洛特特别喜欢首都，她是南方姑娘，之前没有去过那里。她一下子疯狂地爱上了这座城市，还有这里的一位市民。故事没有进行下去，但丝毫未影响她对巴黎的爱。在他们一生中那些黑暗的时光里，夏洛特中断了学业，来帮助她的哥哥和侄女，也拯救了她自己。她跟伊莎多拉和埃德加一起度过了六个月，包扎着他们内心的伤口。作为回报，他们也治疗着她的伤痛。从此之后，他们将比三个人更加强大。他们三个人将永远在一起，发誓永不分离。"横亘在我们三人中间的是生活，是生活。"这是他们的座右铭，铭刻在他们的血肉之中。

　　然后夏洛特有了这个绝妙的想法：要抛弃一切。马赛已经没有任何东西能留住他们，夏洛特的护士学业也要结束了。他们要在巴黎找一幢公寓，大到足够三个人住。他们将重建刚刚失去的东西——一个家。

　　伊莎多拉很喜欢这个想法。埃德加也无法在马赛生活下去了，无法迈着大步子行走在那些会让他想到逝者的街道上。埃德加得往前看，为了伊莎，为了他自己，为了他们。夏洛特对埃德加和他女儿好到无以复加，找不到别的词来形容。如今把他们维系在一起的东西，比兄妹之情要强大得多。

埃德加卖掉了舞蹈学校，卖得的钱可以维持 18 个月，他希望利用这段时间重新找到灵感，重新开始工作。可是他做不到，没有什么行为会比创作更不稳定。存款在减少，夏洛特当护士的工资不够用，于是埃德加动摇了。在学校改革过程中，巴黎设立了多个组织人员岗位，他去申请了一个，但工资低，而且是兼职，于是他通过在活动中心组织体育小组增加收入。埃德加对足球没有太大兴趣，上小学时曾踢过几年，但是他很喜欢孩子：他 16 岁时通过的 BAFA[1] 终于派上了用场。

两年多以来，埃德加又活过来了。伊莎多拉是他每天的阳光。从她三岁开始，她妈妈就一直给她穿便鞋，所以她放弃了与舞蹈的所有联系，声称她更喜欢足球，从中获得了快乐。一副铠甲，一道必要的保护层。埃德加不再绘画，这一页翻过去了。

当然过去一直都在那里——将来也一直会在，但如今的埃德加会往前看。他看到的是美好。

---

[1]　组织人员资格能力认证。——原注

≈≈

我一直在不停地哭，哭了很久。他们的故事震撼人心。恐怖。

伊莎多拉、夏洛特和埃德加是幸存者。我更能理解是什么让他们三人如此光彩照人：他们的微笑是真诚的。

对我来说，这是一个如此充满希望的信息……在每场噩梦之后，新的一天总会降临。自从路易出事以来，我一直在等待黎明，但是我意识到应该在黑夜中继续前行，无论黑暗有多么深沉，总归是有可能开辟一条道路的。

第二瓶葡萄酒喝完了。我再次问埃德加，他为什么要向我讲述这一切。从今往后他会听从自己的内心，他只相信自己。他的心命令他向我讲述，向我和盘托出。为了能够打开大门，需要了解蜷缩在黑暗中的是什么，并且不要怕它。埃德加知道我的大门是紧闭的，知道我还没有准备倾诉，而且他也没有要求我这样做。但我之后会讲述的。埃德加的心永远不会出错。自他看到我开始，他的心就知道。从在这幢人满为患的公寓里看到我的第一秒开始。

我越来越不自在。他跟我说话的样子，仿佛我们是一对情侣。我提醒他注意这一点，他回答说他当然意识到了，这很明显。我突然感觉很热。拘束之中还混杂着其他扩散开来的感觉：不合时宜的欣喜，隐藏在裂纹清漆涂层下面的意醉神迷。

快到凌晨 3 点时我回到了家。睡不着。我朝母亲正在睡觉的房间走去。我靠着她，低声对她说我爱她。

半梦半醒之中，她对我说"你在那里干什么，我的小暖猫"，把我抱在她瘦骨嶙峋的温暖怀抱中。

这让我很受用。

18.

倒数第 9 天—倒数第 6 天
/ 彩色 /

那本珍贵的奇迹笔记本的下一步要在布达佩斯进行，正如我母亲所说，路易为我精心准备的一切真是不同凡响。

我需要参加一场名叫"彩色跑"的体育赛事——这只是其中一项，据说这是"地球上最欢乐的赛跑"。母亲在网上查到了那是什么意思，把一段至少还算有说服力的视频拿到了我面前：几千人穿着白 T 恤，戴着护目镜，每跑过一公里就会有人在他们脸上喷射云雾状的彩色粉末，所以按道理讲，最后的样子肯定会很难看。我看不出其中的乐趣何在，但参加者似乎很开心。肯定是一群嗑了药的人……在得知这项城市集体受虐活动已经传染了全世界几百万人之前，母亲就曾这样断言。

当我明白过来，在节日般的外表下，这场集会其实是一次半程马拉松，以及得知布达佩斯是一座冈峦起伏的城市，而我的身体还在遭受着足球酷刑的折磨时，我开始紧张起来。布达佩斯的赛跑只在5月举行，所以我要组织一场属于自己的赛事。我突然预想到了自己往自己身上撒颜料，在有坡度的街道上垂死挣扎的悲惨场景……显然我需要有人帮我处理彩色物品，还要应对很可能会出现的身体虚弱。

我请埃德加陪我。一贯能把事情搞砸的母亲跟夏洛特傻笑着，提议由她来代替他。

"不要觉得难过，妈妈，可是你的肩膀不够宽阔，我需要体力上的支持。我觉得选择埃德加似乎更加靠谱，仅此而已。"

我去看了儿子，夸赞他在运动方面有这么多的野心，对此我并不怀疑，还向他解释了我得指望埃德加，以免在匈牙利首都那座著名的链子桥上发生心脏骤停。

"埃德加会给我录像的，外祖母奥黛特会用平板电脑进行实况转播，让你看到一切。外祖母也会鼓励我的——是不是啊，外祖母？——因为我也会一直开着耳机和话筒。"

"是啊，当然了，我的小暖猫。"她神情特别欣喜地回答道。

~~

　　埃德加对任务特别上心，他负责所有准备工作。他对我解释说，在布雷迪拱廊街[1]可以很容易地买到粉末，因为喷撒粉末是印度的一项古老传统：在庆祝春分日也就是"霍利节"时，一大群兴高采烈的印度人会在街头闲逛，互相喷撒颜料。西方人正是借用了这一想法，并在其中加入了运动作为调剂。不，这种加了天然染料的普通玉米粉不会留在我身上弄不掉。不，我们不会被匈牙利警察抓进监狱……这一切都没有危害，不要担心。

　　当我们到达布达佩斯后，埃德加让我先等两小时，然后再步行去布达缆索铁道与他碰面——因为他还有"一些细节要处理"。

　　我蜷缩在白色羽绒服里，显得脖子很短，跑起来后很快就明白了这场赛跑是一场肉体上的磨难，只不过点缀着些许荒诞的诗意。埃德加预先将一个小小的欢迎委员会安排在两公里处，他们有的是一家人来的，也有老太太，有大学生，有商人，还有觉得我提供的这场表演——虽然这并非我的本意——很有趣的游客。我的支持者们在地上铺了一块白布，以免弄脏漂亮的中世纪道路。我一动不动

　　[1]　布雷迪拱廊街（passage Brady），巴黎第十区的拱廊街之一，有多家印度、巴基斯坦餐馆和理发店。

地站了几秒，闭上眼睛，换了一身颜色，伴着掌声又出发了。

埃德加把这些工作都交给了别人，以便腾出双手连续拍摄，让路易不要错过一星半点。我不知道我儿子接收到的画面具体是怎样的，但是我可以确定地说，我母亲一点也没有辜负我提供的设备。

该死的，如果她在我面前，我会严肃地考虑掐死她。她不停地在我耳边大笑，还把半个医院的人都聚集在了一起。我想十几位巴黎电视观众正在公开嘲笑我的窘态，创下了收视巅峰。她愉快地向他们解释道，我在运动方面总是一无是处，说她能在她 40 岁的小暖猫身上发现这么多潜能，绝对是神明显灵，还说我头发上这些黄色、绿色、粉色的组合，终于把我压抑在心里的朋克特质彰显在了光天化日之下。

地狱般的苦难持续了三个多小时。我朝埃德加吼道天冷得要命，我停了下来，又重新出发，面对那么多可爱的匈牙利人的鼓励，我强迫自己微笑。但是我坚持不下去了。"你没有真正跑起来，可以说你是在走那个什么彩色半程马拉松。"我母亲尖刻又搞笑的话吸引了一大群人，她在他们面前开玩笑这么说。两小时之后，我笑不出来了。我把耳机扔掉了。我的行为就像一个正在生孩子的女人，咒骂着，把埃德加的手都要捏碎了，但他都忍住了。尽管这场考验让我痛苦不堪，需要我付出超越常人的努力，但我还是被埃德加的自讨苦吃感动了。

　　受难之路在圣艾蒂安圆顶大教堂前面结束了，教堂位于贝尔瓦罗斯[1]，也就是佩斯[2]"内城"的正中心。我瘫倒在地。埃德加把我背了起来。我在距离那里几公里的地方租了一间小公寓，当然是有两个房间，但更重要的是有一个让我幻想了一整天的不可思议的老式浴缸，我在里面待了整整一小时，轻轻按摩着酸痛的腿肚子和大腿。挣扎着出来后，我把自己扔到床上，直到黎明都没有再睁开过眼。

≈

　　第二天，我和埃德加去参观了这座城市。我重新探索着前一天我经过的地方，这一次可以赞叹它们真正的价值了：布达城堡山上陡峭的道路、马提亚教堂直插云霄的塔尖、宏伟的国会议事堂、并非完全是蔚蓝色的壮丽多瑙河、伊丽莎白城灯火通明的商店和餐馆……

　　[1]　贝尔瓦罗斯（Belváros），在匈牙利语中意为"内城、市中心、闹市区"。
　　[2]　布达佩斯由位于多瑙河右岸的城市布达和古布达，以及左岸城市佩斯合并而成。

我很喜欢布达佩斯，就像喜欢东京一样。这两座城市截然相反，但每一座都有着说不清道不明而又质朴的疯狂，吸引着我的儿子。

我喜欢这两座城市每一处隐蔽的角落，就像喜欢路易的只言片语。

≈≈

路易在笔记本里很好地总结了我们晚上的项目。我们要进行另一种截然不同的赛跑。这是一种"派对马拉松"，是这样描述的：

"在十几家废墟酒吧[1]喝上几杯，然后在塞切尼温泉浴场[2]疯狂的电子派对上度过一个不眠之夜！！！（请全程不要呕吐……）"

我希望路易等成年之后，再去经历他为我设计的这场酒精冒险，但我深表怀疑。在我十几岁的时候，我也会"喝上几杯"，天真地

[1]　废墟酒吧（ruinpub）指的是布达佩斯建在老旧厂房等房屋里的酒吧。由于房租低廉，这些房屋被年轻人打造成了充满复古情调的酒吧和夜店，成为布达佩斯夜生活的重要组成部分。
[2]　塞切尼（Széchenyi）温泉浴场，位于布达佩斯的城市公园，是欧洲最大的药用温泉浴场之一，修建于1913年。

以为会骗过母亲，直到有一天她眼睛都没眨一下，脱口说道我嘴里都是酒味，让我别在她这个喝啤酒的老手面前卖弄了。

天气冰冷，但是埃德加和我从一家酒吧游荡到另一家，身上很快就热起来了。废墟酒吧，指的是开在犹太人旧街区废弃建筑里的酒吧。这些让人迷失的地方有着颓废之美，垃圾摇滚[1]风格的装饰维护得很好，布达佩斯都市里的年轻人每天晚上都会来这里温暖他们冰冷的五脏六腑。我们在其中一家吃了晚饭，让饭菜吸一吸已经渗入冻僵的脚趾的酒精，然后我们既担心又兴奋地前往塞切尼温泉浴场，去参加电子派对。

不得不说，场面很疯狂。塞切尼浴场是布达佩斯最著名的温泉场所，这座雄伟的建筑看上去像一座新巴洛克风格的宫殿。这里是露天的，外面的温度达到了零下，温泉水的温度则为 38℃。墙上刷着黄色赭石颜料，映衬着水池里蓝色的光，泳池蒸发出层层雾气，笼罩着冰雪覆盖的雕塑闪烁的白光。在这样的环境中，成千上万醉生梦死的年轻人穿着泳衣，伴着硬核电子舞曲舞动着，跟着激光灯的节奏蹦蹦跳跳，一片世界末日的氛围。

我也开始活动了——如果不想冻死，就别无选择。一开始怯怯

---

[1] 垃圾摇滚（Grunge 或 Grunge Rock），又称邋遢摇滚或油渍摇滚，是摇滚乐的一种风格形式。

的，站在边上。我用余光打量着埃德加，闪光仪时断时续的光让他看上去像一座罗马雕塑。他朝我转过身，对我微笑，俯过身来跟我说话。他说"我们不能就这样待着"，然后又补充道"眼看着生活从我们面前溜走"。或许我理解错了，或许他根本就没说这句话，而是我想象出来的。埃德加拉着我的手，领着我走向人群中央。

我们像孩子一样跳舞，跳了很久，直至筋疲力尽。我不得不应付好多试图摸我身子的人……每当出现这种情况，我就会惊跳起来，咒骂、责备那些没教养的人，我都足以当他们母亲了。我躲在埃德加的怀抱里，他在给我录像，都快笑死了。

所有这些经历都已经不再适合我们这个年龄的人。可是这种放纵真好啊！能把理性暂时放到一边，真好啊！我意识到一过20岁，我就决定走入我所认为的成年人的生活。我鄙视那些都30多岁了还经常出入摇滚音乐会的人，那些把一整夜又一整夜献给游戏机里的偶像的玩家，还有那些把空余时间用于在社交网络上"点赞"的人。15岁时大家都会沉迷于肾上腺素。所有人都会重新尝试费尽心思而又极为严肃地追逐毫无意义的欢愉。说到底，或许他们才是对的。

这一夜，在儿子的帮助下，我过早翻页的青春又苏醒了过来。

这一夜，我明白了生活——真正的生活、会被我们铭记的生活——不过是由一连串焕发着青春风采的时刻构成的。成年人的任何野心，都不及青少年的及时行乐更能令人幸福。

我们乘出租车返回，取了行李，径直赶往机场，还没有从刚才经历的热浪和喧嚣的冲撞中缓过神来。

筋疲力尽，嘴边挂着微笑。

超越极限！！！☺

—— 参加彩色跑并坚持到底！！布达佩斯的赛跑看上去酷酷的……尤其
　　是因为比赛过后，可以参加我在全球音乐电视网上看过的那种派
　　对马拉松！！！

—— 派对马拉松是这样的：在十几家废墟酒吧喝上几杯，然后在塞切
　　尼温泉浴场疯狂的电子派对上度过一个不眠之夜！！！（请全程不
　　要呕吐……）

19.

倒数第 5 天—倒数第 3 天

/ *团队精神* /

几天以来，我们变成了一个真正的团队。在医院里，这个拼凑而成的组合被称为"路易团队"，其成员年龄从 12 岁到 60 岁不等，24 小时不间断地陪在儿子身边。我一直羞于公开承认，有路易团队分担我每天的重任，让我得到了很多宽慰。

为了接受下一步的考验——这次是在巴黎，我决定征用伊莎多拉。我们得谨慎行事，因为要达成路易期待的结果绝非易事。我们排练了一个很可能会成功的母女小节目。伊莎多拉需要表现出真正的复杂人格：她一向那么平静、那么谨慎、那么讨人喜欢，这次却要把一个任性少女的角色表演到令人信服，像野人一样跟我说话，用泪如雨下来表达沮丧。实际上伊莎觉得很好玩，好像疯了一样。

她演得那么好，连她爸爸都害怕起来。当伊莎问埃德加要两欧元买
她最喜欢的杂志，埃德加表示身上没钱时，她雷霆大怒。她跺着脚，
涨红了脸，号啕大哭起来。我为她的表演鼓掌，她向我致意，我们
大笑起来，埃德加用既震惊又如释重负的目光看着我们，有一瞬间
他真以为女儿失去了理智。

表演搞定后，我们穿上晚装，毫不犹豫地赶去参加在 2 月 14
日情人节这天举行的 NRJ 音乐大奖[1] 晚会。进入内场后，我们步
伐坚定地朝艺术家入口走去。跟预想的一样，门口有两个警惕的看
门人守着。伊莎多拉大口嚼着口香糖，埋头看着手机。她好像开始
喜欢上了这个小小的角色表演，再过几年，埃德加可得当心了……

埃热莫尼集团是晚会的赞助商之一，于是我拿着名片，光彩照
人地来到包厢入口，名片上写着我依然是这家公司的营销总监。上
面还印着让人眼前一亮的金色商标。我假装自己是个歇斯底里、特
别暴躁的工作人员，发誓把入场证忘在了出租车上，还随口说出了
负责组织活动的几位重要人物的名字——我仔细研究过资料。这场
短小的喜剧持续了漫长的十分钟，面对看门人有理由的正当阻拦，
我决定孤注一掷：派我今晚的临时女儿出场。伊莎多拉开始哭喊，

[1]　NRJ 音乐大奖（NRJ Music Awards），法国音乐大奖，创立于 2000 年，旨在
对一年中表现杰出的歌手进行表彰，有"法国格莱美"之称。

请保安为她做个见证，说我不仅工作忙，导致她从来见不到我，而且我每次承诺她什么事，到头来总会全搞砸。我曾承诺带她去包厢，承诺了就要做到。最后关头，在表演热情的激发下，她一屁股坐到地上，哭成了泪人。这时候一个戴 VIP 徽章的年轻女士走过来，跟伊莎多拉简短地交流了几句，然后对看门人说："她们是跟我一起的，让她们进来吧。"搞定。

　　进来之后，我们马上感谢了这位漂亮的年轻女士，她吻了伊莎，问她现在好点了没有。她很抱歉不能留下来陪我们，她得跑去做准备了。伊莎兴奋不已地扑上来搂住我的脖子，对我千恩万谢，感谢我让她吻到了露露什么人，她在初中的女同学们准会吃惊到脸都绿了。

　　"感谢我让你吻到了露露什么人？"

　　"露安·艾梅哈[1]。好吧，我看出来了，你不认识她……也就是说最近这两年，你都把自己关在山洞里，用电唱机听乔·达辛[2]的 33 转唱片了，是不是？"

　　我从来没见过伊莎这样兴高采烈。一整个晚上，她的脸上一直

----

[1]　露安·艾梅哈（Louane Emera，1996—），本名安·费榭赫（Anne Peichert），法国歌手、演员，因出演电影《贝利叶一家》而为观众所熟知。
[2]　乔·达辛（Joe Dassin，1938—1980），美籍法语歌手，其作品深受 20 世纪 70 年代的欧洲听众喜爱。

洋溢着那样富有感染力的微笑。

我们跑遍了舞台后台，然后停住了。已经靠近目标。我们屏住呼吸，推开了这扇门，门上用透明胶带歪歪斜斜地贴着一张普普通通的 A4 纸，上面低调地写着"吉姆斯师傅"。

他就在那里，但不是一个人。他一下子站起来，两个男人和一个女人拦住了我们的路，想把我们推出去。伊莎成功地钻了进去，用几秒的时间总结了我们的来意。路易，昏迷，笔记本，我们的任务，他巨大的帮助。好吧，我们也真是胆大包天。我不知道他有没有相信我们，但这个家伙笑了起来，同意了。酷，帅，像神话一样神奇，伊莎多拉微笑着宣布。她一直没回过神来，但她用智能手机录下了不可辩驳的音频证据：我和吉姆斯师傅来了一段即兴表演。我可以告诉你们，听着我扯着嗓子喊"她的名字叫贝拉"[1]时，真是棒极了，我母亲后来就是这样说的。

$\approx$

第二天早上，我把伊莎带到了路易的病房。这还是第一次，她

---

[1]　出自吉姆斯师傅的歌曲《贝拉》（Bella）。

还没见过出事之后的他。当然我已经让她做好了准备，向她解释道他瘦了很多，脸色苍白，面部线条更加冷峻了，身上有那么多管子、那么多机器。我已经习惯了看到他这样，但对伊莎的小心脏来说，现实是难以接受的。她默默地哭了很久，注视着路易，拉着他的手，吻了他的脸。对我来说也一样，这一幕很可怕。我成功地控制住了情绪，但还是忍不住去想路易可能永远也不会有任何爱情经历了，他可能永远也不会了解那种发自肺腑的热情，那种不惜一切代价把另一个人抱入怀中的欲望和需求了。

然后伊莎慢慢恢复了镇定，声音和语言恢复了自然，向路易讲述了我们那个夜晚的经历：露安的吻，与吉姆斯师傅的无伴奏合唱。我想，她把我的私人小音乐会的录音播放了十几次。说到底，我唱得也没有那么差。"或许你选错了职业？"到病房来跟我们见面的夏洛特说道。

这句看似无关痛痒的玩笑话让我心绪大乱。不，我从来没想过要当歌手，但我确实选错了职业。或者说，我选错了人生。

我再也不想继续以前的职业生涯了。我再也不想继续以前的人生了。在急速实现儿子梦想的同时，我摧毁了我与他人的关系，甚至也摧毁了我对未来的规划。

对于我之前的人生，我只想保留最基本的东西。无论年景如何，一直支撑着我这座脆弱的大厦的支柱：我的母亲，她对我的教育，我的文化，我的价值观，我的回忆。

还有最重要的，我的儿子。

超越极限！！！（续☺）

—— 与吉姆斯师傅或黑 M[1]见面……更重要的是跟他们表演二重
唱！！！（否则就不叫超越，嗯，那太容易了！）

[1] 黑 M（Black M），原名阿尔法·迪亚洛（Alpha Diallo，1984—），法国黑
人饶舌歌手。

倒数第 3 天

/ *这让我难过，这无关紧要* /

今天，妈妈的声音很奇怪，既难过，又欣喜。几天以来，她的声音一直是这样。可以说妈妈的声音变了。以前，她的声音里只有难过（除非她是在向我讲述笔记本里的冒险，那个时候就连 40 多岁的她也会爆笑不止）。

自从我身上只剩下耳朵还能工作，我对细节、对音调的变化就变得敏感起来。我从来没有意识到只靠听也能理解一切。在一些电视节目里，人们假装可以只凭声音判断歌手，可是大家都知道这是撒谎，因为人们提前见过参赛选手，把他们挑选出来之后，这些选手才会登上舞台。结果：表现差劲的并不多，只有寥寥几个，这样也只是为了显得更真实，接下来他们还会摇摆不定，因为他们差劲；到了特定的时刻，差劲的人就会输，这就是规则。如果我是评委，我就让差劲的人赢，因为我明白不受形象干扰，真正去聆听别人的声音有多么重要。如果能认真听，如果聚精会神，那就跟看到他了没什么两样。不，还要更好：这样不仅能明白他说的话，还能明白他没有说出口的话。至于我，我听出了沉默、犹豫、精挑细选的词语、想憋在心里但说漏了嘴的话、韵律、心情，还有呼吸声。除了这个，我也没有别的事可做。我对声音进行解码，然后理解。

近一段时间以来，在妈妈的声音里，有些东西需要理解。确切地说，有三件事，三件妈妈没有说出口，但我依然能理解的事。

第一件事，是妈妈爱上了埃德加。我确定。这也是件新鲜事，我一辈子都没听过妈妈用这么多正面的形容词来评价一个人。我得承认，我嫉妒得快要疯掉了。她一直在谈论她跟埃德加——更糟糕的是，让我无比嫉妒的是——和伊莎一起做的事。几天以来，她让这两个人加入了我的奇迹笔记本计划。一开始，这让我感觉不舒服。我觉得埃德加和伊莎取代了我在妈妈心里的地位。现在，我还是嫉妒，但也无能为力。不过我很爱埃德加，我超爱伊莎，所以我心想就算被取代，也要被锦标赛最优秀的运动员取代。于是，我听妈妈讲述着我的梦想，讲述她跟新朋友一起替我经历我的人生。无法加入他们让我很难过，但转念一想又觉得这样做很有好处！妈妈在翻我的笔记本、做我写的内容时会捧腹大笑。在讲述她的奇遇时，她总能让我爆笑，总能让我鼓起勇气。我确定这对我有好处，让动弹不得的我内心震动。

她还有好几次让我震惊。

她去跑了布达佩斯的彩色半程马拉松，并且坚持到了最后，这让我目瞪口呆。妈妈对我说她不确定能不能跑完这么长一段距离，但是埃德加会陪在她身边，帮助她，辅导她，支持她，如果她觉得不舒服就把她送回去。我心想她完全可以选择别人的，但在妈妈和埃德加出发去匈牙利的前一天，当我听到夏洛特和外祖母的窃笑时，我才意识到发生了什么事。我觉得很难过，我感觉妈妈已经决定要撇下我继续生活，因为在布达佩斯，我觉得说到底妈妈还是很快乐的。埃德加背着她，保护着她，她在讲述这些时，声音里有一些东西，像是傻乎乎的爱慕。是的，我嫉妒，我已经跟你们说过了。

刚才，妈妈带着伊莎走进了我的病房。我当即觉得很开心，因为伊莎来看我了，虽然我心想她看到我这个样子，肯定会把爱情的火苗浇灭。前一天，妈妈带伊莎去参加了 NRJ 音乐大奖晚会。她下定决心，要在那个我觉得很难实现的格子上打钩，然后她做到了。我的妈妈，她真是不可思议。我笑了，又哭了，我觉得她能跟吉姆斯师傅表演二重唱真是棒极了，因为我知道妈妈有多讨厌这种音乐类型，可是我依然觉得我要嫉妒到爆炸了，因为是伊莎陪妈妈去的。

当然，我希望妈妈这样做，希望她继续生活，重新开始社交，但与此同时我又讨厌这个想法，因为这意味着我没有那么重要了。很快我就要变成背景了，因为妈妈的生活重心将放在别处，她会跟埃德加、伊莎、外祖母和夏洛特在一起。现在妈妈跟夏洛特说话时，都会直接用"你"称呼她，我很清楚在医院之外她有着另外一种生活，在那种生活里她们会见面、聊天。我感觉她们成了朋友。她们能做朋友是件怪事，因为从声音来判断，我能真切地感觉到夏洛特比妈妈年轻很多。一切都很奇怪，于是也就没有什么好奇怪的了。当我想到这一点时，我感觉妈妈应该是变年轻了。或许正因为这样，她的声音才变了。

妈妈几乎已经完成了我写在笔记本上的一切。她几乎已经完成了，这让我很害怕。接下来会发生什么呢？我试着不去想这件事，可实际上我一直都在想。妈妈没有说，但我依然能理解的第二件事，是她有了新的打算。她想重新开始生活，对于工作她也有了新的想法，这一点我确信无疑，而且要把我折磨疯了，因为我知道工作在妈妈心里的位置。有了这些人，再加上新工作，我的位置会在哪里？在罗伯特·德勃雷医院。不再出现在她的生活中。

妈妈没有说的最后一件事，也是让我最难过的一件事，是我醒来的希望越来越渺茫了。我最近才明白，他们给了她一个期限。我不知道具体是哪一天，但我感觉已经很近了。当她对我说要继续抗争，说我能做到的时候，我感觉到了这一点：她不再像前些日子那样充满力量，有时候我感觉她已经放弃了。每当这时候，我就想对她呼喊，我已经醒过来老长时间了（这话听起来像是外祖母奥黛特说的），可是所有人都完全不在乎，那些无赖医生都没能意识到这一点，尽管他们高中毕业之后还有25年的学习和工作经历，而且他们的设备也都是最先进的。这家医院就跟狗屎一样。抱歉我说得这么粗俗，可我实在是忍无可忍了。妈妈的想法是怎样的？我跟她一样，我感觉如果我的身体再不开始发送信号，我很快就要放弃了。我之所以没放弃，都是因为她！因为她为我所做的一切，因为她依然在为我做的一切，总之都是因为她。我开始接受事实了。我明白了我就是个一动不动的物件，笨重，百无一用，甚至都不能用来装饰——连当装饰品都不行！我知道我浑身上下插满了管子，我知道他们把事先处理过的粥直接灌进我的胃里，他们像对待婴儿或老人一样给我垫上尿布。我能想象出自己的样子，能感觉到自己的样子，觉得自己很恶心。我应该丑得要命，不用张口都能吓到负责选美的评委：快滚，淘汰，滚出去，下一个选手。妈妈对我说我很英俊，我不相信她的话，但听了还是很高兴。外祖母对我说我是她的奇迹，说我在家里的房间已经收拾好了，有很多礼物，就等着我了。

我开始觉得我肯定要死了。我第一次想到这个时，感觉特别特别特别难过。我在心里哭了，哭得很凶，哭了很久。不知道究竟哭了多久，但肯定是很久。自那以后，我每天都会想到这件事，于是我也开始习惯这个想法了。说到底，妈妈和外祖母可能不会那么难过。她们每天都来医院看我，这不是真正的生活。于是我心想如果我死了，那么她们一开始会难过，但之后就会过去，会好起来的。总会过去的。小路易挺可爱的，但最好还是结束吧，因为看到他这样，他的家庭会被慢慢毁掉的。我不想毁掉妈妈，我不想毁掉外祖母，她们不该受到这种对待。对她们来说，我最好还是放弃，这就是我每天都在跟自己重复的事。

然后我没有做到。我不知道为什么，但是我无法接受就这样结束，在我的心底一直有什么东西，让我觉得我还是能醒过来的。实际上让我说出这种话的不是什么东西，而是一个人。是妈妈，我想再次看到她，把她抱在怀里。哪怕只抱一次，也值得抗争。我想对她说谢谢，对她说我爱她，对她说她是世界上最好的妈妈。就说一次，但如果能说好多次，那也行，嗯……然后如果我注定要死，也就可以去死了。我知道我自相矛盾，但是请理解我一下，设身处地为我想想。你们会怎么做？放弃还是继续？我能做的只有聆听，没有选择，就像在商店里，能买的只有一件商品。

在我听妈妈说话时，哪怕她是用她的新声音在说话，我觉得她好像也还是希望我能醒过来，所以我应该再尝试一下。

20.

倒数第 3 天

/ 他的后代 /

这天傍晚，我要求见博格朗医生。他神情严肃，连发绺里都带着疲惫，目光落在远处。有一瞬间我觉得他是在试图逃避我，但我就在那里，等待消息。

几天以来，我觉得路易身上正在出现一些变化。尽管脑电图还是那样毫无规律，但是我看到了一些别人似乎看不到的迹象，或者至少我会用不同的方式来看待这件事。几周以来，路易的身体一直会因为一些轻微的痉挛和动作而晃动。这是反射，毫无意识，毫不协调，毫无规律。我同意这个诊断，怎么能不同意呢？我多么希望他的手、脸、脚出现的这些暂时性抽搐，还有他轻微而嘶哑的喘气声是有意义的。可是它们随时会出现，有时甚至会在大脑接受检查分析时出现……而分析显示依然毫无规律。理论上一直会这样混乱，但最近几天我观察到了一些变化——真真切切的。抽搐的激烈程度在不同的时间段是不一样的，我确定。更重要的是——更重要的是——我发现在我跟他讲话的时候，他的动作会更多，持续的时间也更长，仿佛他在尝试跟我交流。在这家该死的医院里没有人会听我说话，或者说，所有人都在听我说话，所有人都了解情况。倒计时。因为心存希望，所以我绞尽了脑汁，想象着并不存在的苏醒。于是，在我谈论路易时，别人的目光变了，我在交谈者的眼睛里读到了怜悯，读到了他们内心的想法：她不仅失去了儿子，还正在慢慢失去理智，不过不能怪她……无论如何，很快就结束了。

但是我确信我看到的东西，感觉到的东西。妈妈的直觉——我从来都没有真正理解这个词意味着什么，而从今往后我会惊异于它的准确性和真实性。妈妈的直觉，意味着看到别人看不到的事物，在内心的最深处感受到不一样的东西。我感受到了路易，路易在跟我说话。

正因为如此，我想见博格朗医生。我心想他会听我说话，他会尝试一些东西。他确实在听我说话，听得很认真，面无表情，像航海家一样眼睛直直地看着前方，像那些有能力也有义务将迷途者带回岸边的人一样。夏洛特陪着我，她也发言支持我，理由是只有我会花那么多时间陪在路易身边。从统计角度来看，如果发生了什么事情，最有可能知道的人会是我。他应该考虑我的话和我的观察。

亚历山大·博格朗让我做好最坏的打算。说担忧会加剧，因为情况稳定到令人绝望。还说医学上的事实就摆在那里，无从改变。为了显示他的好意，再加上他觉得夏洛特的理由不容忽视，他很想在剩下的几天里增加拍脑电图的频率，但是他不同意我的意见，不赞成我如此激动。"在剩下的几天里"，亚历山大·博格朗刚刚捅了我一刀，真是该死。我得出结论，他还没有孩子——夏洛特确认了这一点。如果他能对别人的痛苦感同身受，他会如何处理这种局面呢？如果他能把一个疾病晚期儿童苍白的面孔想象成自己孩子的面孔，他又会做何反应呢？

夏洛特把我送回了家。我既不想见埃德加，也不想见伊莎多拉。

我知道有朝一日，我和埃德加之间会发生些什么。我发自肺腑地觉得这事显而易见，我们共度的时光让我确信了这种感觉。可是今天，我的心只向儿子敞开。埃德加需要耐心等待，他向我保证他会耐心，我愿意相信他。不管怎么说我都不想考虑这种问题，现在不行。于是我顺势而为，顺其自然。当我们即将从布达佩斯返回时，在去机场的出租车上，我们交换了一个吻，或者说只是碰了一下嘴——清白，纯洁。我叹了口气说："眼下就先这样吧，别的我什么都不能给你。"他拉着我的手回答道:"我也不期待什么别的。我们有的是时间。照顾好路易,做你该做的事,不要留任何遗憾。"

距离宣判只剩三天了,我需要母亲陪在我身边,把她抱在怀里,紧紧地。我和母亲从来都不是感情外露的人,但我相信这几周以来,我们把过去十几年缺失的东西都补上了。没有她我就睡不着,一个人待在房间里我会害怕,我需要感觉到她温热的身体就在身边。我母亲每天都在重复我小时候她很少跟我说的话:她爱我。我想经过这一系列的事,我和母亲的内心正在经历着一场彻底的变革。为什么要等这样一场悲剧发生,才能意识到我们对彼此的重要性?为什么明明心里没有一丝裂痕,却非要浪费这么多年,因为很多从未宣之于口的话而互相讨厌?那么多时间流逝了,错过了那么多机会,浪费了那么多感情。

我需要母亲跟我一起面对第二天路易对我的考验。我翻过了奇迹笔记本的页面。现在是倒数第二页了,后面还有一页,然后就结束了。我抹了一把眼角的泪珠。

只有一行,我之前就害怕见到这一行。我琢磨着它会在何时出现,我知道它会出现的——合乎逻辑而又令人痛苦。

"弄清楚我的爸爸是谁。跟他见面,就见一面。"

我和路易的父亲有过一段近两年的情史。我后来才意识到，我们的故事平淡无奇。当时的我觉得自己正在经历一段童话，其实那是一个清醒的梦，所以也就跌落得格外惨烈。

15 年前的一个 5 月，我遇到了马修。当时我正坐在共和国广场一家咖啡馆的露天座位上。天气很热，巴黎人民终于脱下了羊毛高领毛衣，换上了更合时宜的墨镜和细吊带组合，游客们炫耀着身上漂亮的汗渍。马修坐在旁边的座位上，一手拿着一本《孤独星球》指南，另一只手端着一杯啤酒。丝毫没有汗渍，这点倒不错。我立刻注意到了他。马修英气逼人，他一直如此，将来或许也会如此。高大，鬓角斑白，健壮，有些许出演《十一罗汉》时期的乔治·克鲁尼的风范。名牌墨镜，长袖卷边白衬衫——衬衫得是长袖的，这一点很重要，我觉得这是品位的象征。连拿起酒杯的动作都是缓慢的，双手细嫩，不是那种挖煤工人的手。一个知识分子。40 多岁，光芒闪耀。我当时刚满 24 岁，他都可以当我爸爸了。那大概是他的一张重磅王牌，因为在我的生活中爸爸是缺失的。直到后来，我才承认了这种其实也没有怎么掩饰的恋父情结。而在当时，我想我并没有意识到这一点。

我在读一本极其乏味的管理书，目光不可避免地被邻桌吸引过去了。过了一会儿，我才明白过来，他懂我的意思。他冲我微笑，我注意到他的右脸浮现出一个酒窝。如今路易也有个一模一样的，跟我期待的一样可爱。马修问我能不能帮个忙，他一个人来到巴黎，想问问关于当晚的晚餐，我有什么建议。他住在伦敦，因为工作原因路过这里，要在这里工作整整两周，他不想来回折腾，更想在法国过周末。不能在这里长居，他很遗憾。我笑了。当他指出与伦敦的雨天相比，这里的天气真是好极了的时候，他的眼睛里闪着一丝狡黠的光芒——这是当然。这是当然。

马修在诺丁山经营一家画廊。他讲法语的口音很美妙，还夹杂着一丝辛辣的幽默。So British[1]。这么好的一个男人怎么会单身呢？他没有找到自己的公主，仅此而已，但他没有放弃希望。巴黎是爱情之都，不是吗？马修想夜登埃菲尔铁塔，在那里观赏脚下的城市。我预料到了那里会人山人海，哪怕提前好几小时也进不去。他打听到的消息比我多，很快就找到了一家高档餐厅，就在这个巴黎标志性景点的内部，我们这才绕开了凑热闹的人群。为获得这种破格优待花了那么多钱，但又如此浪漫。

从第一天晚上开始我就爱上了马修。我刚刚开始在埃热莫尼工作，那是我的第一份工作。我全心全意地献身于雇主，当时并不知

[1] 如此有英国范儿。

道 15 年之后，情况丝毫未变。我们经历了一场极为炽热的异地恋，确切来说持续了 23 个月。我们每两周见一次面，每个月共度两个完整的周末，一般来说一周在巴黎，一周在伦敦。实际上马修经常来巴黎，他对这里了如指掌。我后来才明白他桌上那本《孤独星球》不过是一个用来勾搭巴黎女郎的可怕陷阱，还明白了我并不是第一个落入他的渔网的。

在巴黎时他会来我这里，但有时更喜欢到豪华宾馆开一个房间，我们整个周末都在床上、私人泳池或餐厅里度过。当他来巴黎跟我在一起时，他就只跟我在一起。这是原则问题，我的美人——马修叫我美人。在他的怀抱里，我感觉自己从未如此美丽。在他的公主看来，他再怎么英俊都不过分。我是被他宠坏的孩子。我们盲目地将自己封闭起来，幸福地生活着。

到伦敦时，我想见见他的朋友。他对我说，他有我就够了，我不管怎么样都不会让他觉得厌烦，他想让我完完全全地属于他，只属于他一个人。他约我周五晚上在画廊见面，那个时候那里空无一人。跟马修的爱是不耐烦的、粗鲁的，有时候直接在地上，在艺术品中间，把我的旅行包扔到地上。跟马修的爱是激烈的、毫无节制的，互相啃咬，兴奋地叫喊，欢爱后洋溢着节日般的氛围。跟马修的爱让我迷醉，我开始喜欢上高潮过后我们赤身裸体共饮香槟，品味着制造一场地震，让昂贵的现代建筑碎成瓦砾的感觉。我从来没有对任何人产生过这种感觉，他也从来没有对任何人产生过这种感觉。他尝试一切办法，只为将这份非同寻常保存下来。有时候我们会去他所谓的小家，就是位于诺丁山的一幢没有什么特色的小公寓，离画廊只有两步之遥。但在伦敦也跟在巴黎一样，马修喜欢把我带到一些不可思议的宾馆，那里堪称我们爱情的珠宝匣——马修的原话。更有甚者，有时我会在信箱里发现惊喜：一封手写的正式请柬，附上去巴塞罗那、都柏林、威尼斯、里斯本的机票。这份浪漫纯真、朴素、感动，有着永不褪色的魅力。这个男人可谓完美——富有就更不必说了，他在我这个知己身上倾注了太多关注。我经常对他说这样太疯狂了。他总是回答说钱就是为了让自己爱的人幸福的，否则它还有什么用处？

我原本以为跟马修的生活就是这样。

实际上，这绝非生活的真相。

在我们的关系进展到第 23 个月时，我怀孕了——不是规划好的。我去看了全科医生，向他描述了哪里不对劲。我总是觉得累，有时会呕吐，大白天的就觉得精力减退。我来月经了吗？我的月经不规律，实际上也有段时间没来了，但这没有什么好惊慌的，我看不出来这有什么关系，我甚至都没有想过这一点。当妊娠检测显示两条蓝杠时，我号啕大哭起来。我不想要这个孩子，现在不行，也不能这样要。我的人生轨迹已经绘制好了，我打算在 30 岁左右生孩子，不能提前，30 岁之前实在太早。排在首要位置的是我在埃热莫尼的工作，而且我还有很多事情要跟马修一起经历。马修不想要孩子，这一点他说得非常明确。我总觉得在时机合适的时候，我能说服他，但现在肯定不行。

可是渐渐地，这只在我的内脏里伸展开翅膀的小鸟开始有了位置。起初是隐蔽的，接下来越来越真实。正在开会的时候，我突然想到了这个可能会出生的孩子。我什么都没有跟马修说，我已经整整一个月没有见过他了。我想一个人做决定，不想让他发现我的秘密。五周之后，我做出了选择——发自肺腑的，我要留下这个孩子。会是个女儿，我给她取名叫露易斯。马修疯狂地爱着我们。我会搬到伦敦。我们会幸福。

我准备了一个用两种语言写成的字谜，准备把这个好消息告诉马修。当然他会感到震惊，可是我确定震惊一旦过去，他会高兴得疯掉的。我坐上欧洲之星[1]，径直去了画廊，是在大白天去的，而且是周四。这是我第一次没有通知马修就来见他。他那么喜欢惊

---

[1]　欧洲之星（Eurostar）是运行于伦敦和巴黎、伦敦和布鲁塞尔的高速列车。

喜，这一次也让他享受一下！

马修不在画廊。一位 40 多岁的女士给我开了门。她优雅、精致，身穿香奈儿套装，却冰冷，带着生意场上的微笑，从头到脚打量着我，神情之中对我的 H&M 衣服和 Bata 皮鞋透出一丝蔑视。我要求见马修，他不在。"您是哪位？""塞尔玛，一个朋友。"

"I see[1]…"对方回答道。

她到底明白了什么？

"马修有很多女性朋友，您知道，这个男人可真忙……"

我一点都不喜欢这位女士对马修的暗示，而且她又是谁呢？据我所知，马修那么健壮，他一直是一个人经营这家画廊。她向我伸出手，做了个自我介绍，英语说得无可挑剔又居高临下。

"很高兴认识你，塞尔玛。我叫德博拉，我丈夫出差时，我就替他经营画廊。马修经常出差。他很喜欢巴黎，还有巴黎女郎。我一点都不嫉妒，我向您保证。很多年前，我们就达成了协议，我也可以按照自己的心意生活。作为补偿，他更喜欢我在他身边了。您真不算差劲。祝您度过愉快的一天，小姐。"

我再也没有见过马修。我再也没有联系他。

[1]　我明白了。

他从来都不知道我怀孕了。他从来没有见过路易。

在我跟他妻子见面后的几周里，他曾多次给我打电话，我都没有回复。他坚持打。有一天我给他发了一条短信："德博拉很美。你真是个大浑蛋。别再试图联系我了。"

当时的我怀孕三个月。

13 年之后，我打开电脑，在搜索引擎里输入了他的名字。虽然借助上帝一般的谷歌，任何人都能看到他的信息，但我从来没干过这种事。搜索结果马上就出来了。马修依然在同一地址，经营着同一家画廊。现在他多大了？57 或者 58 了。我点击了"图片"这个标签，吓了一跳。路易和马修简直是一个模子刻出来的，他们之间的相似度简直惊人。我瞪圆了眼睛，看着一幅幅年代或近或远的油画。马修手拿着香槟杯，咧嘴微笑。马修双臂交叉，穿着紧身衣服，头发花白，站在一个默默无闻的纽约艺术家的作品前。马修还是那样英俊。又有多少塞尔玛落入了他的陷阱？我滑动鼠标，然后看到了她。我确定是她，她有这种能力。不管马修一生之中做过多少荒唐事，她一直都在那里。德博拉微笑着，马修用手搂住她的腰。

我突然想吐。

13 年前的我有孕在身，当时的我也要应对恶心。

波托贝洛路 80 号。我闭着眼睛都能找到那里。

21.

倒数第 2 天

/ 电话 /

我坐上了上午很早的一班欧洲之星。火车北站人满为患。我遇到了一群出发去背信弃义的阿尔比恩[1]的初中生，可能跟路易差不多大。我的第一反应是我这个夹缝中的资产阶级要如何苟活。我朝查票员走去，决定试试看能不能换一节车厢。然后我改变了主意，坐在了自己的座位上。我跟三个初二的孩子坐在同一个"格子"里。他们是永河畔拉罗什市阿纳托尔·弗朗斯初中二年级 D 班的学生。我跟他们讨论了足球和宝可梦卡片，他们震惊不已，没想到还能跟我聊这个。我给他们看了我和吉姆斯师傅的即兴表演视频，令他们

[1] 背信弃义的阿尔比恩（la perfide Albion）是法国人对英国的称呼，含贬义。阿尔比恩是英格兰的旧称。用在这里也暗指马修的负心。

佩服不已。他们问我要签名。我像一个手可摘星辰的人，连签名也一下子变得值钱起来。我没有注意到时间的流逝。我忘记了此行的主要任务，这对我有好处。

到达圣潘克拉斯火车站后，我立刻打车去诺丁山。我没有给司机详细的地址。我需要步行几分钟，需要有一个减压闸。我不想在马修的画廊前下车，想先从外面观察观察，然后再进去。我无法忍受德博拉再一次攻击我。上一次攻击是在 13 年前，但带给我的痛苦依然历历在目。

我站在对面的人行道上。我戴着墨镜，展示出来的发型、气质和衣服都精心弄过，跟马修所认识的我截然不同。我希望直到最后一刻还能选择去或者不去。我不想冒风险，让他抢在前头，在我做好决定之前认出我来。

他就在那里，一个人，歪着头打电话。我觉得他老了，比我前一天在谷歌上搜到的照片还要老。我吸气、呼气，重复三次，又重复三次。我推开门，一个很旧的小门铃响了。马修抬起头看着我。他脸色骤变，当即认出了我，轻声喊着我的名字，直截了当地问道："……你在这里做什么？"然后他微微一笑。我的思绪被带到了 15 年之前。不，他没有那么老，他依然那么迷人。我低下头，突然间想到了路易会不会就是在这样冰冷的地面上怀上的。记忆如潮水般涌上心头。苦涩，美好，真实而可怕。

我的手机在振动。我任由它振动。现在不行，我在忙。我得通知我孩子的父亲，他有一个将近 13 岁的儿子，一个很棒的少年，长得跟他一模一样，在昏迷之中，还有两天不到就要被宣判了，结果可能是个悲剧。

我犹豫了，后背冒出一阵冷汗，呼吸加速。我突然意识到这个场面残忍而荒诞。这样一来，我成哪种女人了？到了今天，我真的能毫无保留地把整个故事都告诉他吗？马修给我带来了那么多痛苦，13 年之后，我能一口气把这两个消息都告诉他吗？我对他现在的生活了解多少？他该如何接受这一切？他会不会有心脏病，我劈头盖脸地把这些告诉他，会不会把他害死？这样一来我还能正视我儿子的脸吗？

我倚着玻璃门的把手。路易想跟他的父亲见面，就见一面。我刚刚跟他见面了，就见了一面。我的任务已经完成了。我感觉忽冷忽热，觉得我的膝盖虽然坚固，但马上就要顶不住了。我什么也没有说，倒退着跨出门槛。马修往前走了几步。我再往后退。我的脚已经踏在波托贝洛路上了。我开始跑，毛毛细雨打在我的脸上，打在我一直戴着的墨镜上。马修在街上喊了我好几次，他试着赶上我，但我知道他的画廊不能无人看管，他很快就会放弃的。

我的手机又振动起来。现在不行，我在忙着逃离我的人生——又一次。

我终于跳上一辆公交车，任由它带我离开。泪水在我的脸上流淌，雨水打湿了这辆双层公交车。

我任由手机振动，继续振动。

它越是振动，我越是知道发生了什么事。

很长时间以来，已经没人会这样坚持不懈地联系我了。如果说有，那只有一种可能，只有一个理由。

我听了最后一条留言。是我的母亲，她让我不要听前面的留言，马上去医院见她。她的声音在颤抖，她哭了。前面的留言还有四条，三条来自我的母亲，还有一条来自一个我再熟悉不过的号码——罗伯特·德勃雷医院重症监护中心。

我听从了母亲的指示。我关闭手机，放在一边。

我从包里拿出路易的笔记本，抚摸着它，把它放在我破碎的心上，拥抱着它。我一页一页地慢慢地翻看，一直翻到最后一页。我看到了儿子叫我去做的事。雨水敲打得更猛烈了。我的脑子里只有几个字，我控制不住自己。最后一页。最后的愿望。

我站起身，把手机丢给了坐在我身边的一位上年纪的女士。她感谢了我，一脸狐疑。

然后我下了车。

22.

倒数第 1 天

/ *逃避* /

我没有给母亲回电话。我没有给医院回电话。

只要可怕的正式通知还没有下达，路易就还活着。我决定做我擅长做的事：逃避。

就在此刻，我清醒而悲伤地意识到，在逃避这件事上，我堪称女王。当局面变得棘手起来，我就会很自然地倾向于逃跑。这是我的本能反应，是我在狂风、台风、龙卷风之中自保的方式，风越大，就越有必要撤退。我需要搭建一个临时的避难所，任由阵阵狂风吹过，忍耐着，做着迎战的准备。大风大浪席卷而来之时，我没有办法出海，要等波涛变得不那么汹涌了才行。我一直都害怕别人读懂我的感情，尤其是在我失控的时候，于是我逃避。13 年前，我用一条简单的短信逃避了马修。几小时之前，我又一次逃避了马修，没有任由自己被风浪吞噬。这么多年了，我一直在逃避母亲。通过替路易活着、实现他的梦想，我又逃避了自己的生活和梦想。

在距离倒计时结束只有几步之遥时，我通过虚构一个未来，来逃避儿子的死。

逃避比真相美丽那么多。

我想庆祝一下无知而悲壮的最后时刻，让自己度过一个美好、单纯、充满希望的夜晚。我想去一个新奇而特别的地方。我看过资料，得知在伦敦新建的先锋派摩天大楼——碎片大厦[1]里有一家宾馆。在我一生中的重要步骤里，总是有名胜古迹留下的印记。埃菲尔铁塔见证了我和马修的相遇。东京那家不可思议的宾馆是儿子的奇迹笔记本的开端。一座尖刺形状的雄伟高塔将是完美的结束。我给自己开了国王套房。我把伦敦踩在了脚下。

我点了一瓶法国红酒，一瓶来自普罗旺斯的酒。我家的故事就是从那里开始的。我坐在不真实的套房的办公桌前，专心完成我不真实的任务。路易在奇迹笔记本上草草写下的最后的命令表述起来那么简单，执行起来却痛苦又复杂，尤其是在我人生的这个时刻，

[1]　碎片大厦（The Shard），英国最高建筑，位于伦敦桥附近，外部由成千上万片玻璃薄片组成，顶层可以观赏伦敦夜景。

尤其是在他人生的这个时刻。为此我花了一整夜的时间。

我通过欣赏灯光来逃避儿子的死。我把未来生活铺展在了一张空白信纸上，信纸笺头印着伦敦这家奢华宾馆的名字，我把儿子写了进去。激烈，狂热。最后一次。

我回想起美好的事情。我编织了快乐的未来。我无须安全网的保护，径直冲向了未知，笑了，又哭了。我思考着我渴望成为哪种女人。我，塞尔玛，希望变成什么样？我想在这座星球上留下怎样的痕迹？我聆听自我。我询问自己，什么能让我幸福？真正地幸福，忘掉带领我做出选择，让我走到这一步的一切，忘掉社会对我的期待，忘掉别人对我的期待。我把这些写了出来。我赤身裸体，只面对自我。这一夜，我撰写了自己的奇迹笔记本，按照路易要求的形式——一封信。我幻想了自己在如梦似幻的未来的样子。这个未来可能永远都不存在，也可能存在。这一夜如此浓墨重彩，着实罕见。

清晨，我抬起头，整理了思绪。

我逃避，但我总会回来。当我找回了足够的力量和勇气，我就会重新站起来，迎战，噬咬，抗争。

我冲了澡，穿上前一天的衣服，跳上去圣潘克拉斯火车站的出租车。是时候迎接狂风暴雨了。

在登上火车之前，我在 WH 史密斯[1]商店买了一部一次性相机——20 年前很常见，现在看很复古的那种。我从钱夹里拿出了我一直带在身上的照片。在这张已经褪色的照片上，是两岁的路易，他满脸都是巧克力，正在哈哈大笑。这是儿子的照片里我最喜欢的一张。我把相机举向天空，把路易的照片放在脸颊上，微笑，来了一张自拍。

这将是由 3650 张照片构成的一个系列中的第一张。用它来开启余生最后一天，这个想法棒极了，我的儿子。

[1] WH 史密斯（WHSmith），一家英国零售商，主要经营一系列位于商业街、火车站、机场、港口、医院和高速公路服务站的商店，销售书籍、文具、杂志、报纸、娱乐产品等。

10 年之后……

—— 给 10 年后的自己写一封信，畅想我的生活会是怎样的……整整
10 年之后再打开阅读——准会捧腹大笑!!

—— 每天拍一张自己的照片，然后剪辑成一部记录我成长的影片：将
10 年压缩成 1 分钟!!

23.

／那一天／

我直接去了罗伯特·德勃雷医院，没有提前通知任何人我要来。从火车北站出发，二十几分钟就到了。

路上，我紧紧抱着装着我夜里写的信的信封，还有路易的奇迹笔记本。我的脸一阵阵发热。我承受着难以想象的压力。

在伦敦的这一夜，乐观阶段已经过去了。我是不是理解错了母亲的话、她严肃的语气和嘶哑的声音？她会不会是喜极而泣？没错，当然有这个可能。可如果是这样，为什么不直接在留言里说路易醒了呢？当人们有好消息要宣布时，不会支支吾吾的，而是会在留言里说得清清楚楚的。

没错，可是前面她还录了三条留言，但是我没有听。

没错，可是医院也打来了电话，但是母亲让我不要听那些留言。

　　没错，可是，没错，可是……希望，卑鄙的希望，从来都不放过坠入罗网的人。漫长的、非常漫长的几周以来，我就默许自己是它的受害者。

　　我走进医院四楼昏暗的走廊。值班护士跟我打了招呼，她们认出了我。我加快步伐。既然来了，我就要马上见到儿子。其中一位护士追上我，站到我前面，跟我简单说了几句：

　　"请您等一下再进去。博格朗医生跟您通过电话了吗？"

　　她在走廊上拦住了我的去路。我端详着她，她面露窘迫。我对她说没有，我没有跟博格朗医生通过话，我当然要进路易的病房，马上就要进。夏洛特跑过来，抓住我的胳膊。

　　"塞尔玛，等一等。我得先跟你谈谈。"

　　我感觉一阵惊恐袭来。我需要知情，就现在。我挣脱了，冲向路易的病房。

　　我打开门。

　　我冲到床边。

　　这时，我看到了。

24.

／他的眼睛／

我看到了他的眼睛。

是睁开的。

我哭了起来。

我扑到他身上。我拥抱他，再次拥抱他，吻了他。

起初他没有反应。

然后他朝我抬起右手，在尝试说什么话。

我痴痴地笑了起来，是那种典型的出自濒临崩溃者之口的紧张笑声，那种神经突然松弛下来的人的笑声，那种连疯子见了都要害怕的人的笑声。我的眼里盈满了泪水，都快看不清楚他了。我想此时此刻我的情绪跟在他出生时一样强烈。不，还要强烈。我正在见证亲生儿子的重生。他睁着眼睛，挪动着一只手和一只胳膊，在尝试说话。他还活着，路易还活着，他成功了，我成功了，我们成功了。我们可以继续下去了，一起。一起幸福，直到永远。

我想，这是我一生中最美好的一天。这么说好像有点傻，然而事实确实如此。这一天多么美好。路易多么英俊，他让我多么骄傲。路易在尝试说话，但我没有听懂。会听懂的，我们还有一辈子的时间。我也在跟他说话。如果说我得到了什么教训，那就是要把感觉表达出来，无论何时。

"我爱的人，我多么幸福。我就在这里，我在听你说话。我爱你。你棒极了，你真英俊，我的路易……"

我稍微挪开一点，好端详他。

我等了片刻，他的脸僵住了。

这时，我看到了。

他的眼睛。

我后退了一步。

他眼里流露出惊恐。

儿子再次尝试说话。

这一次我听懂了。我听懂了他在尝试说的话。

我明白了他漆黑的眼睛里的绝望。

我明白了夏洛特的话，明白了她为何急于在我走进房间之前要跟我谈谈。

我的儿子，我爱的人，我的国王。

路易刚刚十分艰难地说出了三个简短的字，刺痛着我的心：

"你……是……谁？"

25.

/活着/

我转过身。母亲走上前,把我抱在怀里。她在哭,她一遍又一遍地重复路易还活着。

"他还活着。你成功了。多亏了你,他才醒了过来,你要相信这一点。他会想起来的。你之前没有给我们解释的机会,倔强得像一头骡子。真不愧是龙生龙,凤生凤……我也一样,昨晚我跑进病房,把整个医院的人狠狠地批了一顿。我们得慢慢来,他会想起来的。"

我一头雾水。为什么她要给我留言,让我不要听前面的留言?

"因为你得回来,我的小暖猫。大家一直在试着联系你,告诉你这个消息……到了这个点得喊停了,别再耍花招了,行动起来吧。我又怎么能想到,一向不听人劝的你,竟然能听进我的一条建议?对不起,我又胡扯了一通……"

　　我看着她，微微一笑。在这种情况下，还能用"胡扯一通"这种词的，非我母亲莫属。我抬起头，遇上了夏洛特的目光。我问她，母亲刚刚说的是真的吗，路易会想起来吗？

　　"你可真相信我啊……"母亲反驳道。我们听了一通大笑。

　　就算遇到最严肃的场合，母亲也知道该如何缓和，这简直是她的天赋。真希望我也能有这种天赋。

　　夏洛特说话声很温柔。她也把我抱在怀里。她闻起来香香的。我迫不及待地抛出那个问题：路易会想起……我吗？

　　她回答说，我得去见博格朗医生，他会向我解释一切的。我们不可能知道路易能不能想起来，如果能，能想起什么，想起谁。昏迷之后，病情发展的个体差异非常大。我们遇到的情况实属罕见。在睁开眼睛之前，路易没有出现任何在临床上可观测的苏醒迹象。他是突然醒来的，现在又过去几小时了，他又有了飞速的变化。弄清楚机体的哪些功能可以恢复到原来的状态尚需时间，医学也有限制，很难做出预测，但要心存希望。我母亲有理由乐观。他的大脑正在运转，这一点是清楚的。还有他在尝试讲话，他的四肢在活动，这是巨大的进步。

　　夏洛特还断言，我为他所做的一切值得骄傲。此外，不少在这里住院的孩子的父母们已经开始模仿我。我对她说不要夸张，她说她是认真的。虽然他们没有奇迹笔记本，但一些父母已经开始询问他们的孩子最急于实现的梦想有哪些，然后去实现它们。孩子们的梦想通常不难理解，实现起来也不复杂。这些新问题和新成就带来的欢乐，正在感染着整个医院。当然，这些冒险不一定都能有个好结局，但无疑可以鼓舞士气。它们给这些正在与病魔做斗争的人带来了幸福、希望和生机。

"他们从你这里获益无穷，塞尔玛，"夏洛特继续说道，"你是他们的榜样。"

"我？榜样？这还是头一遭……"

"别贬低我的女儿。"母亲插话道，"哎呀，多往好处想想！你为孩子所做的一切棒极了，你启发了其他父母，别拐弯抹角了，就接受吧。你刚刚让路易跨出了一大步，欣赏、品味这一步吧。我知道，以前的你不知所措。慢慢来，细细品味。那都是以前的事情了。他还活着，好样的！还活着！我们都还活着！我们一起活着！"

母亲说得对，她一向都对。她的话与其他话遥相呼应。前一天夜里我写在纸上的话。

她说得一点没错。

我继续扫视着这间我永远都不会忘记的奇迹病房，这个如同感情催化剂的房间，这个时不时让我心碎、让我惊慌、让我动摇、让我震撼、让我兴奋、让我与之和解、让我超越自我、让我做出改变的房间。这个房间里最微不足道的每个角落都将印在我的视网膜上。

我瞥了一眼墙面，上面贴着一张我穿着短裤和钉子鞋的照片，旁边是伊莎和埃德加。我知道他们应该就在不远处，他们很快就要来了。这么多善意将我包围，有这么多觉得我重要的人，倒还是新鲜事。在这个故事里，我重新认识了周围的人，也就是所谓的"邻人"[1]的力量，而我们常常很快就与他们疏远了。他们能与此刻的我感同身受吗？他们能感受到在这个普通而又冰冷的房间里悄然生出的这种奇妙的、微小的幸福吗？

我哭了起来。

因为喜悦，因为展现在眼前的未知让我眩晕。主要是因为喜悦。路易还活着，活着。

我靠近他。我抚摸着他的脸，轻声对他说不要怕；说我是他的妈妈，永远都是，不管发生什么；说我爱他；说我们爱他；说他现在想不起来是正常的，我不怪他，永远都不会怪他；说我如此幸福。

说明天将是另外一场冒险；说每一天都会带来新的惊喜和发

---

[1]　邻人（les proches），即身边的人，《圣经》有言"要爱你的邻人"。

现；说对我们所有人来说，这都是一次新的机会、一场新的出发，为我们提供了重新创造和建设更加稳固的东西的可能性。

说他应该继续抗争；说前路漫漫，但他可以依靠我，依靠我们大家，我会一直在这里支持他，日日夜夜，抵御暴风和海浪。

说他会有欢笑，会有爱情，有泪水，有呼喊，有足球，有卡拉OK，有疯狂的夜晚，会跑半程马拉松，会在高速公路上赛车。

说他还会有喜悦，会一直幸福。

说他会想起来的。

说如果他想不起过去的事，那么我们就去创造新的回忆，就这么简单。

我以为我听到了母亲的声音。

我确实听到了一位母亲的声音。那是我自己。

"我爱你，路易。"

他看着我。

我想他在对我微笑。

致塞尔玛

2027 年 2 月 17 日前

不要打开

亲爱的塞尔玛：

　　当你读到这封信时，你比今天老了 10 岁。你正在走向 50 岁。你还活着，尽管操劳依旧。衷心地恭喜你，未来尚需努力……

　　今天早上天气不错。有你喜欢的冬日天空。2017 年的冬天已化作一场梦。当你们谈到那段艰难的日子，路易和你甚至会笑起来。当然，你们没有忘记。回忆原封未动，依然鲜活。时间已将回忆打磨，痛苦渐渐从你的脑海中淡去，棱角不再那样鲜明，取而代之的只有美好。路易经常翻看那个时候你和母亲录的视频。只要看到你们在东京唱约翰尼·哈里戴的歌，路易就会捧腹大笑。还有更重要的是，更重要的是，今后，这些画面还会与其他画面交织在一起，也就是你们后来拍下的画面，你们再次体验路易的笔记本里激动人心的奇遇发生时拍下的画面。

　　今天早上天气不错。你刚刚起床，透过窗户看着外面的树，因为在你生活的普罗旺斯有不少树。它们好像光秃秃的，可是春天正迈着大步子走近，而且在这里，天气始终不会太冷。你们有一个很大的花园，你和埃德加还没来得及把树枝都修剪完。你们有时间，你们有的是时间。埃德加已经起床了，你远远地看到了他。埃德加喜欢很早就起，比你早很多。这是一天之中他最喜欢的时刻。他坐在低处的湖边，独自一人，在那里画画。你喜欢看他画素描、油画，有时候你会给他当模特。埃德加才华横溢。

　　今天早上天气不错。你走下台阶，来到大厅。母亲已经在那里了，正忙着准备早餐。她对你微微一笑，问你睡得好不好，跟往常一样叫你小暖猫。你也对她微笑，吻了她，把她抱在怀里。这成了你们早上的新惯例。你们变成了世界上最容易触摸到对方的母女。要在以前，谁会相信呢？你对她说，你也来帮忙，今天早上人多，你可不能闲着。她笑着回答说，她没有等你就先动手了。你卷起袖子，开始往实木长条桌上摆餐具。

　　今天早上天气不错。昨天你收到了路易的一封信，几小时之后他就到了。路易在学医。他在医院的经历成了一个契机，他找到了自己的道路。当然，是通过不寻常的方式找到的。你更希望他选择这条路是因为听从了就业指导咨询师的意见，而不是因为他昏迷了几周。可结果是一样的：路易决定当儿科医生。眼下，路易正在伦敦的大奥蒙德街儿童医院实习。他住在马修家里，要住几个月。两人见面时，一眼就能看出他们是父子。马修埋怨你向他隐瞒了路易的存在。这个意想不到的儿子让他感到无比幸福，然后幸福就战胜了埋怨。

今天早上天气不错。昨天，路易抵达伊莎多拉在巴黎的家，跟她见了面。今天他们会乘同一班火车到达。他们下车后，所有人都以为这两个是你们的孩子，以为他们是兄妹。大家这么想也没错。他们俩的确是你们的孩子。而当他们拥吻起来时，久久的沉默将大家笼罩，你们笑了起来，向大家解释。你们这个家跟别人家不一样。你们从来都跟大家不一样，以后也不会一样。如此幸福。伊莎多拉偶尔还会跟路易一起踢足球，但九年之前她走上了经营舞蹈工作室的道路。今天的她正在从事她母亲和祖母期待她从事的职业，她的基因注定了她会走上这条路。伊莎和路易光彩夺目，无论什么时候，哪怕看着他们也是一件乐事。你为他们正在成为这样的男人和女人而由衷骄傲。

今天早上天气不错。半小时之后，大厅会被二十几个人挤满。八年过去了，你用跟埃热莫尼打完官司赢来的钱，给你和埃德加在普罗旺斯买下了这座让你们一见钟情的大农舍。你们对这一处巨大的房产进行了翻修和改造，把它变成了一个不可思议的地方。就在这里，你决定把路易昏迷时，你在脑海里萌生的项目谱成一支曲子。就在这里，七年前你定居下来，跟路易，跟埃德加，跟伊莎，跟你母亲一起。就在这里，一年之后夏洛特也定居下来，她也加入了这个项目。

今天早上天气不错。你想起了你把想法讲给你的小团队听的那一天。他们当即加入进来，当即表示相信你，相信你这个女商人，相信你这位母亲，相信你的直觉。投资者也跟随你的步伐，他们也相信你。

今天早上天气不错。太阳已经高高升起，餐桌布置好了。你们的第一批客人已经从房间里下来了。有小马蒂斯，旁边是他的父母。他们是前一天到的。马蒂斯现在还没有头发，但很快会长出来的。在此期间，他喜欢乔装打扮一番。你走进他的超级英雄游戏，学着《复仇者联盟》里复仇者的样子跟他打了招呼，惹得他捧腹大笑，让他一整个上午都笑个不停。还有小艾丽斯，她是一周之前跟妈妈来到这里的。艾丽斯感觉好一些了。她不耐烦地跺着脚，一小时之后，她要在大橄榄树下跟埃德加见面，跟他上一节雕塑课。她超喜欢埃德加。所有人都超喜欢他。不管是教素描还是带体育训练，埃德加都能得到大家的一致认可。然后还有你最宠爱的孩子，你的小弗朗西斯科。小弗朗西斯科已经跟你三周了。他的父母离了婚，所以会轮流过来。这一周陪他的是爸爸。弗朗西斯科是个滑稽的小人儿，他走到哪个房间，哪个房间就会被他照亮。一小时后，奥黛特和弗朗西斯科会一起干园艺活儿，然后一起做饭。圣蜡节已经过了，但他们还是打算做可丽饼，你母亲答应他，可以让他自己煎一个饼。弗朗西斯科兴奋极了。

今天早上天气不错。农舍里挤满了人。你的生活填满了。你大部分时间都在这里，这里就是你生活的地方。有时你也会出差，因为法国和国外的一些团体及企业家会请你过去，他们想知道你是如何设计并建造这一切的。你不在的时候，就由夏洛特来管理。实践已经证明夏洛特是个出色的领导者，此外她在护理方面的天赋在这里也总能派上大用场。

今天早上天气不错。你沿着窄窄的泥土路往下走，去取信件。信箱上写着你们的小天堂的名字——奇迹病房。

今天早上天气不错。你慢慢往回走，利用这段时间呼吸着普罗旺斯乡村的空气，光线很亮，所以你眯起眼睛，回忆浮上心头。每天早上都是如此。只要你看到那几个由紫色——这个颜色是路易选的——字母构成的单词，你就会想起这一切开始的地方。那间奇迹病房，罗伯特·德勃雷医院的405房间，是它让你产生了经营这座房子的想法。在那里，你意识到对所有的孩子及他们的邻人来说，家庭和共同的计划有多么重要。你明白了对这些孩子来说，走向重生的道路是漫长的。你明白了医院非但不能让人亲近，反而会让人疏远，而感知美好的东西本来是一件简单的事。正因为如此，你决定开办这座有点特殊的度假屋。在这座房子里，刚刚出院的孩子——或者获准可以离开医院几天的孩子——可以与他们的父母及其他家人相聚于此。在这座房子里，你们所做的一切，都是为了让他们感觉宾至如归。在这里你感觉很棒，你觉得找到了自己的位置，发挥了作用——终于。

今天早上天气不错。你看了看手表，就是路易出事那天摔碎的那块手表。它也已经修好，幸存了下来。现在是 9 点 40 分。你加快脚步，因为儿子的火车马上就要到了。很快你就能把他拥入怀中。你会对他说你爱他，永远都爱。昨天路易给你发了一条短信，把列车时刻表告诉了你。巧合到令人心慌，但你还是微微一笑。路易乘坐的火车将于 10 点 32 分到达。

今天早上天气不错，塞尔玛。好好享受你的人生。好好珍惜你的亲朋好友。你有的是时间，慢慢来。

塞尔玛

于伦敦

2017 年 2 月 17 日

致谢

　　诚挚感谢我的编辑卡罗琳·莱佩，感谢你的热情和才华，感谢你在一开始给予我的信任。

　　感谢菲利普·罗比内和卡尔曼－莱维的整个团队。能与你们共事，我深感荣幸。特此提及帕特里夏·鲁塞尔和朱莉娅·巴尔塞尔斯：多谢二位，那只 kawaii cat[1] 已在土星着陆。

　　感谢卡罗琳·R. 的建议。感谢弗洛朗斯·B. 和雷诺·M. 难忘（又富有启发性）的东京漫步。

　　感谢家人长久以来的支持和鼓励。感谢亚历山大和安德烈亚，我密不可分的 little bros[2]。感谢弗洛里安、朱尔和范妮，我热情的读者们。感谢我了不起的岳父岳母，安德烈和拉斐尔。感谢皮埃尔和斯特芬。感谢我的祖父帕斯卡尔：请继续向我讲述，我会将其视若珍宝。感谢桑德拉、雅尼娜和艾梅的美好冬日。

　　当然，还要感谢我的母亲和父亲。妈妈，爸爸，感谢你们的一切，我将永远铭记。

　　感谢我爱的三个人。亚历山德罗和埃莱奥诺尔，你们让我如此骄傲……我的两个奇迹。玛蒂尔德，如果你不在我身边，那这一切都将毫无意义。感谢生活，感谢生活。

[1]　可爱的猫。
[2]　小兄弟。

La chambre des merveilles by Julien Sandrel
© Calmann-Lévy, 2018
Simplified Chinese edition arranged via Dakai Agency Limited

著作权合同登记号：图字 18-2018-235

图书在版编目（CIP）数据

奇迹病房 /（法）朱利安·桑德勒尔著；唐洋洋译
. -- 长沙：湖南文艺出版社，2020.2
ISBN 978-7-5404-8923-6

Ⅰ.①奇… Ⅱ.①朱… ②唐… Ⅲ.①长篇小说—法国—现代 Ⅳ.① I565.45

中国版本图书馆 CIP 数据核字（2018）第 283580 号

上架建议：畅销·外国文学

QIJI BINGFANG
奇迹病房

著　　者：［法］朱利安·桑德勒尔（Julien Sandrel）
译　　者：唐洋洋
出 版 人：曾赛丰
责任编辑：薛　健　刘诗哲
监　　制：邢越超
策划编辑：马冬冬
特约编辑：汪　璐
版权支持：辛　艳
营销支持：傅婷婷　文刀刀　周　茜
版式设计：李　洁
封面设计：棱角视觉
出　　版：湖南文艺出版社
　　　　　（长沙市雨花区东二环一段 508 号　邮编：410014）
网　　址：www.hnwy.net
印　　刷：河北鹏润印刷有限公司
经　　销：新华书店
开　　本：875mm×1270mm　1/32
字　　数：124 千字
印　　张：7
版　　次：2020 年 2 月第 1 版
印　　次：2020 年 2 月第 1 次印刷
书　　号：ISBN 978-7-5404-8923-6
定　　价：45.00 元

若有质量问题，请致电质量监督电话：010-59096394
团购电话：010-59320018